KB078547

FUSION FANTASTIC STORY

A Bittersweet Life

미더라 장편 소설

즐거운 인생 12

미더라 장편 소설

초판 1쇄 찍은 날 § 2015년 6월 4일
초판 1쇄 펴낸 날 § 2015년 6월 11일

지은이 § 미더라
펴낸이 § 서경석

편집책임 § 이창진

펴낸곳 § 도서출판 청어람
등록번호 § 제387-1999-000006호
등록일자 § 1999. 5. 31
어람번호 § 제1-2141호

주소 § 경기도 부천시 원미구 부일로 483번길 40 서경B/D 3F (우) 420-822
전화 § 032-656-4452 팩스 § 032-656-4453
http://www.chungeoram.com
E-mail § chungeorambook@daum.net

ISBN 979-11-04-90260-4 04810
ISBN 979-11-316-9220-2 (세트)

즐거운 인생

12

FUSION FANTASTIC STORY

A Bittersweet Life

미더라 장편 소설

도서출판 청어람

CONTENTS

CHAPTER **71**
아카데미상

—축하하네, 미스터 강.

　제프리의 목소리가 환청처럼 들렸다. 주혁은 지금 상황이 믿기지 않았다. 연말이 되면, 할리우드 영화계에서는 슬슬 아카데미상 이야기가 나온다. 주혁도 제프리나 브라이언과 이야기를 한 적이 있었다.

　상을 받으면 좋고, 후보에 오르기만 해도 홍보 효과가 상당하다. 그래서 이 시기가 되면 로비를 하는 곳도 있다.

　하지만 제프리와 브라이언은 이번에는 아무런 행동도 하지 않기로 했다. 이번에는 가능성이 없다고 결론을 내렸기 때문이었다.

그런데 갑자기 제프리에게서 연락이 온 거였다. 주혁이 아카데미 남우주연상 후보로 선정이 되었다는 거였다.

"그게 정말인가요?"

주혁은 믿기지 않는다는 듯한 목소리로 물었다. 물론 아카데미상을 받고는 싶었다. 한국 배우가 아카데미상을 받은 적은 한 번도 없었으니 상당히 의미가 있는 일이 될 것이다. 하지만 이번 작품으로 아카데미상 후보에 오를 것이라고는 전혀 생각지도 않고 있어서 놀라움은 몇 배나 되었다.

"무슨 일인데?"

옆에 있던 기재원 대표가 귀를 가져다 대면서 물었다. 주혁이 이렇게 놀라는 모습은 1년에 몇 번 보기 어려운 모습이었다. 그래서 도대체 무슨 일이 있어서 이렇게 놀라는지 알고 싶어 했다.

"잠시만요, 조금 이따가 이야기해 드릴게요."

주혁은 손으로 핸드폰을 막고 양해를 구했다. 그리고 곧바로 제프리와 이야기를 이어나갔다. 궁금한 것들이 많아서 이야기는 제법 오래 걸렸다.

이야기를 마치고 주혁은 기재원 대표에게 지금 들은 내용을 알렸다.

그러자 기재원 대표는 그 자리에서 벌떡 일어났다. 그리고는 잠시도 가만히 있지 못하고 이리저리 돌아다녔다. 얼굴이 잔뜩 붉어졌고, 숨소리가 거칠어졌다. 정말 믿을 수 없는 일이 일어난 거였다.

흥행을 한 것만 해도 대단한 일이었다. 그런데 아카데미 남우주연상 후보에 오르다니.

기재원 대표는 주혁이 상을 받을 수도 있다는 생각을 했다.

"일정을 약간 조정해야겠는데?"

기재원 대표는 여전히 상기된 얼굴로 말했다. 평소 그답지 않게 말소리도 크고 말하는 것도 무척 빨랐다. 흥분한 기색이 역력했는데, 주혁은 전에는 이런 모습을 본 적이 없는 것 같았다.

"시상식에 맞춰서 남미부터 돌고 마지막으로 미국에서 끝내는 것으로 할까?"

한류 투어는 고려해야 할 사항이 많아서 일정 조정에 애를 좀 먹었었다. 그러다가 결국 미국을 먼저 가고 남미에서 끝내는 것으로 일정이 결정되어 있었다. 그런데 주혁이 아카데미상 후보에 올랐다고 하니 기재원 대표의 머리에는 다른 그림이 그려졌다.

'그래. 상을 받을 수도 있는 거잖아. 그러면 거기에 맞춰서 일정을 다시 잡는 거야.'

한류 투어의 마지막을 아카데미상 시상식으로 장식하자는

생각이었다. 거기에 맞추어서 일정을 조정하면 어떨까 하는 생각이었는데, 한류 투어의 마지막이 주혁의 아카데미상 수상으로 마무리가 된다면 얼마나 극적이겠는가.

그래서 조금 무리가 되겠지만, 일정을 바꿔야겠다고 생각하고 있었다. 전체 일정을 조정하는 게 무리가 있다면, 시상식이 있는 그 날짜의 일정만이라도. 그런 상상을 하자 기재원 대표의 입가에는 저절로 미소가 지어졌다.

주혁은 기재원 대표의 표정을 보고는 대충 어떤 생각을 하는지가 보였다. 하지만 그건 기재원 대표만의 생각이었다. 사실 후보에 오른 것만 해도 뜻밖이라고 봐야 했다.

주혁은 잠시 이야기를 듣고 있다가 말을 던졌다.

"상을 받기는 어려울 테니까 그럴 것까지는 없을 것 같은데요?"

주혁도 사실 약간 흥분이 되기는 했지만, 애써 차분한 톤으로 말을 이었다.

하지만 기재원 대표는 그리 생각하지 않는 모양이었다. 주혁의 말에 잠시 멈칫했지만, 다시 들뜬 목소리로 말을 이었다.

"그거야 뚜껑 열어봐야 아는 거지. 혹시 알아? 요즘 아시아 시장에 대한 관심도 많고 하니까 상을 받을지도 모른다고."

둘은 잠시 수상 가능성에 대해서 이야기를 나누었다. 주로 기재원 대표가 이야기를 했는데, 평소답지 않게 냉정함을 잃고 있었다. 한국인 최초로 아카데미상을 탈 수도 있다는 생각이 들어서 그리된 모양이었다.

그는 침을 튀겨가면서 최근 할리우드의 성향이나 아시아 시장에 대한 관심을 이야기했다. 다른 것보다 이번 작품에서 주혁의 연기가 인상적이어서 가능성이 있다고 말했다. 비평가들도 점점 호평을 하고 있다면서.

기재원 대표도 아카데미상이 어떻게 선정되는지는 잘 모르는 모양이었다. 이야기를 하는 걸 보니 심사위원 몇 명이 논의해서 정하는 걸로 알고 있는 듯했다. 사실 주혁도 얼마 전까지는 그렇게 정해지는 줄 알고 있지 않았던가.

"아카데미상은 선정 방식이 조금 달라요. 심사위원 몇 명이서 정하는 게 아니라니까요."

주혁은 후보 선정 방식에 대해서 들었는데, 설명이 한 번에 머리에 들어오지 않을 정도로 난해했다. 회원들이 1순위부터 5순위까지 투표를 하면 그 내용을 가지고 상당히 복잡한 절차를 거쳐서 후보를 선정한다고만 알고 있었다.

그리고 그렇게 선정된 후보들에게 다시 투표를 한다. 그리고 결과는 당일까지 철저하게 비밀에 부쳐진다. 보통 알고 있는 일반적인 심사 방식과는 거리가 있는 방식이었다.

주혁은 그런 설명을 하면서, 수천 명의 회원이 투표를 하는 것이니 자신이 받기는 어려울 것이라고 했다. 다른 게 부족해서라기보다는 이번 작품이 아카데미 회원들이 상을 잘 주지 않는 스타일의 영화라서 그랬다.

"그래? 굉장히 복잡하게 하는구만."

주혁의 이야기를 듣더니 기재원 대표는 몰랐다는 듯 중얼거렸다. 그의 목소리 톤은 많이 수그러들었고, 표정도 다소 어두워졌다. 주혁의 말대로라면 수상 가능성은 현저히 낮을 것 같았으니까.

기재원 대표의 머릿속에서는 한류 투어의 마지막을 화려하게 마무리하겠다는 꿈이 먼지처럼 사라지고 있었다. 기재원 대표는 못내 아쉬운 듯 연신 입맛을 다셨다. 그리고 안타깝다는 표정을 감추지 못했다.

하지만 여전히 미련이 남는 모양이었다. 그는 자리에 앉더니 주혁을 슬며시 쳐다보면서 말을 슬쩍 던졌다. 물론 자신도 그럴 확률이 거의 없다는 걸 아는지 말소리에는 힘이 하나도 없었다.

"그래도 가능성이 있지 않을까?"

주혁의 인기가 워낙 많으니 혹시라도 이변이 생길 수도 있는 것 아니냐는 주장이었다. 세상일이란 건 모른다. 실제로 이변이 생겨서 주혁이 상을 받을 수도 있다. 앞일이 어떻게 될지 누가 알겠는가.

기재원 대표는 4위로 올랐으니 꼴찌도 아니지 않으냐고, 그러니 수상할 확률도 있는 거라고 말했다. 하지만 실상은 그렇지 않았다.

　주혁은 1위와 2위가 압도적이었고, 4위와 5위는 거의 차이가 없었다는 이야기를 해주었다.

　"그 밑으로도 비슷비슷했다고 하더라고요. 6위나 7위와는 거의 차이가 나지 않아서 까딱했으면 오르지 못할 뻔했다고 하더라고요."

　연말에 1년을 정리하면서 주혁의 이야기가 많이 언급된 영향이 분명히 있었다. 그것이 없었더라면 주혁은 후보에 오르지 못했을 것이다. 하지만 운도 실력이란 말이 있지 않은가. 이유가 어쨌든 후보에 오른 것이 중요했다.

　그렇지만 이번에는 그 정도로 만족하기로 했다. 그 이상은 과욕이었다. 주혁은 내년에 노려보겠다고 이야기를 던져서 그를 달랬다.

　"이번에 준비하는 작품은 그런 것도 염두에 두고 진행하는 거니까 내년을 한번 보죠."

　아카데미상을 염두에 둔다고 해서 다 상을 받을 수 있는 건 아니다. 상을 받기 싫은 사람이 어디에 있겠는가. 할리우드에서 영화를 만드는 모든 사람들이 다들 상을 받기를 원하고, 받고자 하는 마음을 가지고 촬영에 임한다.

하지만 이번 작품은 주혁의 연기력을 최대한 끌어낼 수 있는 그런 작품으로 만들고 있었다. 그리고 기대를 해봐도 좋을 듯했다. 영화는 직접 찍어봐야 알 수 있는 것이지만, 생각한 대로만 간다면 충분히 가능성이 있다고 주혁은 생각하고 있었다.

"그리고 어차피 지금 일정을 바꾼다는 건 불가능하잖아요."

사실상 일정을 바꾼다는 건 불가능에 가까웠다. 이미 홍보도 다 되어 있었고, 표도 팔린 후였으니까. 병에 걸렸다거나 부상을 당했다거나 하는 부득이한 경우가 아니라면, 일정을 변경하는 건 무리였다.

기재원 대표는 마음이 조금 진정되자 다시 냉정함을 되찾았다.

"이번 작품이라……."

작품 이야기가 나오자 기재원 대표의 표정이 조금 밝아졌다. 그만큼 기대도 되는 작품이었으니까. 액션이 거의 없는 게 조금은 아쉬웠지만, 주혁의 매력을 한껏 보여줄 수 있는 그런 작품이었다.

내면의 연기력도 충분히 보여줄 수 있었고, 종종 코믹하고 능청스러운 모습도 보여줄 수 있었으니까. 그리고 주인공은 작품 내에서 심리 변화가 많아서 보통 연기 내공이 아니고서는 그 인물을 잘 표현하기 어려웠다. 그만큼 주혁의 진가가 빛을 발할 수 있는 작품인 것이다.

"좋아. 그래도 혹시 아나? 좋은 일이 생길지."

주혁은 자신도 그랬으면 좋겠다고 이야기했다. 둘의 대화는 다음 일정 때문에 이동을 해야 해서 마무리되었다.

＊　　　＊　　　＊

주혁이 아카데미상 후보에 오른 것은 상당한 화제가 되었다. 한국에서는 한국인 최초로 후보에 올랐다며 언론들이 앞다투어 기사를 내보냈다. 수상 가능성이 얼마나 되는지에 대해서도 자칭 전문가라는 사람들이 이야기를 하고 있었는데, 주혁의 수상이 확실하다는 사람까지 있었다.

하지만 전체적인 분위기는 수상까지는 어렵다는 거였다. 그래도 후보에 오른 것만 해도 충분히 의미가 있는 일이라고 다들 여겼다.

미국에서도 주혁의 후보 선정은 무척 화제가 되고 있었다. 뜻밖의 결과였기 때문이었다. 주혁이 남우주연상 5명의 후보 안에 들 것이라고 예상하는 사람은 아무도 없었으니까. 하지만 주혁은 선정이 되었고, 이제는 다들 수상까지 가능하냐에 관심이 쏠렸다.

하지만 미국도 역시 수상은 어렵다는 게 일반적인 견해였다. 그리고 주혁도 수상까지는 바라지 않고 있었고.

"남미로 갔다가 자네는 시상식 일정에 맞춰서 다시 돌아오면 되는 거지?"

"예, 시상식에만 참가할 거니까 일정에는 딱히 문제가 될 건 없네요."

주혁은 미국에서의 일정을 소화하면서 혹시라도 보스가 무슨 일이라도 벌이지 않을까 싶어서 더욱 신경을 썼다. 자신이 문제가 아니라 같이 다니고 있는 식구들 신변에 무슨 문제라도 생길까 싶어서였다.

그래서 윌리엄 바사드에게 부탁해서 평소보다 더욱 경호에 신경을 쓰고 있었다. 그리고 오드아이나 셰도우가 올 수도 있다는 생각에 그 점에 관해서도 주의를 기울이고 있었고. 하지만 아무런 일도 일어나지 않았다.

이제는 미국에서의 일정도 끝났고, 남미로 떠나게 되었으니 일단 한숨은 돌린 상태. 주혁은 이야기를 마치고 미래와 함께 산책을 나섰다. 이제는 항상 미래를 데리고 다녔는데, 행사 때문에 같이 놀아주지 못해서 산책이라도 함께 하려는 거였다.

"산책 갈까?"

미래는 산책이라는 말에 컹 하고 짖더니 재빨리 자기 목줄을 물고는 주혁에게 달려왔다. 빨리 목줄을 하고 밖에 나가자는 표시였다.

주혁은 웃으면서 미래의 머리를 쓰다듬어 주고는 목줄을 하고 밖으로 나섰다.

미래의 덩치가 워낙 커서 사람들이 경계를 하기도 했지만, 워낙 순둥이처럼 굴어서 좋아하는 사람들도 많았다. 표정도 귀엽고 애교도 많아서 인기 만점이었다.

주혁은 근처 길을 따라 미래와 함께 여유로운 시간을 즐겼다.

날씨는 다소 쌀쌀한 편이었는데, 볕이 있어서 춥다고 느껴질 정도는 아니었다. 밖에 나온 미래는 기분이 좋은지 여기저기 구경을 하면서 성큼성큼 걸었다. 이 녀석이 워낙 기운이 세서 주혁도 제어하기가 만만치 않았다.

"하이~"

주혁을 알아본 사람들이 반갑게 손을 흔들면서 인사를 했다. 다가와서 이야기를 나누기도 했고, 주혁도 사인을 해주거나 악수를 하기도 했다.

그렇게 길을 가는데 앞쪽에서 어린아이 둘을 데리고 한 흑인 여성이 오는 게 보였다.

그들도 주혁을 보았는지 주혁이 있는 방향으로 다가오고 있었다.

그런데 옆에서 핏불테리어 두 마리를 끌고 오는 사람이 있었는데, 무엇 때문인지는 몰라도 목줄이 헐거워 보였다.

맹견이 다가오자 아이들은 깜짝 놀라서 피했고, 그런 움직임이 개들을 자극한 모양이었다. 핏불테리어 두 마리가 갑자기 아이들을 향해서 움직이려고 했고, 그 광경을 본 주혁이 소리를 치면서 앞으로 뛰었다.

10미터 정도 되었을까? 주혁의 위험하다는 소리에 개 주인이 뒤를 돌아보고는 황급히 목줄을 당겼지만 뭐가 잘못됐는지는 몰라도 목줄이 모두 풀리고 말았다.

잠시 주춤하던 핏불테리어 두 마리는 무섭다고 소리를 지르는 아이에게 달려들었다.

주혁도 뛰어가고는 있었지만 시간상으로 개를 저지하기에는 늦을 듯했다.

그래도 조금이라도 더 빨리 아이에게 다가가려고 다리에 기운을 모아서 땅을 박찼는데, 그 순간 주혁의 옆을 스치고 지나가는 하얀 그림자가 있었다.

뛰어간다기보다는 날아간다는 표현이 더 어울릴 것 같았다. 미래는 하얀 잔상을 남기고는 앞으로 달려갔다. 그리고 아이들을 향해 달려드는 핏불테리어 두 마리를 덮쳤다.

주변 사람들은 비명을 질렀고, 개 주인은 당황해서 허둥거리고 있었다. 일어나서는 안 되는 일이 일어날 것이라는 걸 모두 알고 있었지만, 누구 하나 움직이지는 못하고 있었다. 핏불테리어 두 마리가 주는 공포는 그들의 다리를 얼어붙게 만들었던 것이다.

아이들의 어머니는 아이들을 감싼 채 주저앉았다. 생각을 하고 한 행동은 아닐 것이다. 무시무시한 이빨을 드러내면서 달려드는 개를 보면 뒤로 물러서게 되는 게 일반적인 행동일 테니까.

하지만 모성은 이성이나 본능보다도 위에 있는 고결한 것인 듯했다. 여자는 잠시의 주저함도 없이 아이들을 감싼 채 자신의 등을 내보였다. 등을 돌리고 있어서 보이지는 않았지만, 그녀는 두 눈을 꼭 감고 있는 듯했다.

힘을 주어 꼭 껴안은 팔과 애처롭게 보이는 등이 그걸 말해 주고 있었다. 모두가 끔찍한 상상을 하면서 제대로 눈길을 주지 못하고 있었는데, 모두가 우려했던 일은 벌어지지 않았다. 갑자기 나타난 하얀 물체가 상황을 바꾸었던 것이다.

퍼억!

둔탁한 소리가 나더니 개 한 마리가 공중으로 날아갔다. 그리고 다른 한 마리는 바닥에 뒹굴고 있었다.

사람들은 지금 무슨 일이 일어났는지 의아하다는 표정을 지었다. 다들 고개를 돌리거나 눈을 찡그려서 어떤 일이 일어났는지 제대로 보지 못했던 것이다.

지금 상황을 제대로 본 것은 개 주인과 달려오던 주혁 정도 였다.

주혁은 똑똑히 보았다. 미래가 바람처럼 달려가서는 한 마 리는 몸통으로 부딪쳐서 날려 보내고, 다른 한 마리는 앞발로 다리 부분을 쳐서 쓰러뜨렸다.

정말 순식간에 일어난 일이었다. 주혁도 주변의 시간이 조 금 느려지면서 자세히 봐서 무슨 일이 일어났는지 정확하게 본 것이지, 그렇지 않았더라면 그냥 허연 게 휙 하고 나타난 정도의 느낌만 들었을 것이다.

날아간 녀석과 쓰러진 녀석이 거의 비슷하게 일어났다. 그 런데 날아간 녀석은 충격이 큰지 일어났다가는 제대로 걷지 못하고 비틀거렸다. 강한 충격에 평형감각에 이상이 생긴 모 양이었다. 5미터 정도를 날아가서 벽에 부딪혔으니 충격이 없을 리가 있겠는가.

하지만 바로 앞에서 일어난 핏불테리어는 미래를 향해서 이빨을 드러내며 강한 적개심을 드러냈다. 그 녀석은 가슴이 떡 벌어진 근육질의 몸을 자랑이라도 하듯 잔뜩 힘을 주고는 미래를 노려보면서 낮게 으르렁거렸다. 어찌나 힘을 주었는 지 몸에 핏줄이 도드라져 보일 정도였다.

당장 싸움이 벌어질 것 같은 순간. 미래는 자세를 잡더니 자신을 향해서 적의를 내보이는 핏불테리어를 노려보았다.

그러고는 화가 난다는 듯 앞으로 다가서며 소리를 질렀다.

"크어어엉~"

주혁은 미래가 저렇게 울부짖는 걸 처음 들었다. 개의 울음소리가 아니라 무슨 호랑이나 덩치가 큰 맹수의 소리 같았다. 중저음의 중후한 울림이 묵직하게 사람들의 귀를 두들겼고, 그 소리를 들은 사람들은 전부 몸을 부르르 떨었다.

마치 감전이라도 된 것 같은 표정이었다. 주혁도 온몸에 소름이 쫙 돋는 걸 느꼈다. 그리고 그런 감정은 두 마리 핏불테리어도 마찬가지인 듯했다. 이빨을 드러내며 당장에라도 달려들 듯했던 녀석이 어찌할 줄을 모르고 주춤거렸다.

당황스러워하는 기색이 역력했는데, 아까는 그렇게 무섭게 보였건만 지금은 안절부절못하는 꼴이 어쩐지 우습게 느껴졌다. 그만큼 미래의 포효가 엄청났던 거였다. 주혁은 호랑이의 울음소리를 들으면 몸이 굳는다는 말이 사실일 거라는 생각을 했다.

단순한 소리가 아니라 강한 기세였다. 그 기세에 눌리면 몸이 굳을 수밖에 없을 것이다. 지금 미래의 포효에서도 그런 것이 느껴졌다. 개들의 움직임을 보니 본능적으로 자신은 상대가 되지 않는다는 걸 안 것 같았다.

하기야 윌리엄 바사드의 집에 있던 카네 코르소 두 마리도 그랬다. 맹견 중에서도 알아주는 녀석들이었는데, 미래 앞에서는 꼼짝도 못하지 않았는가.

주혁은 달리는 걸 멈추었다. 이미 안전은 확보가 되었다는 생각에서였다. 그리고 오히려 뛰거나 급하게 움직이는 건 기껏 안정이 되어가는 핏불테리어를 자극할 수도 있었다. 주혁은 숨을 고르면서 천천히 걸어가면서 상황을 지켜보았다.

미래가 든든히 지키고 있어서 안전하다는 생각은 되었는데, 그래도 혹시 돌발 상황이 생기면 빨리 움직이겠다는 생각을 하면서. 하지만 그럴 일은 없어 보였다. 미래가 커다란 몸으로 아이들과 여자의 앞을 떡하니 지키고 있었는데, 호랑이가 와도 뚫지 못할 것 같아 보였다.

그제야 사람들이 상황을 파악하고는 다행이라면서 한숨을 내쉬었다. 그리고 조심스럽게 아이가 있는 곳으로 다가왔다. 하지만 아이들과 여자는 아직 무슨 일이 일어났는지 정확하게 모르고 있었다.

개 주인이 황급하게 움직였다. 개들에게 다가가서는 목줄을 채웠는데, 개들은 기세가 완전히 꺾여서인지 순순히 말을 들었다. 그러면서 슬슬 미래의 눈치를 보는 게 느껴졌다. 확실히 상자의 기운을 받아서인지 미래는 보통 개와는 다른 특별한 게 있었다.

"마미, 저 개가 우리를 구해줬어요."

아이가 자그마한 손가락으로 미래를 가리키면서 말했다.

그 아이는 초롱초롱한 눈으로 미래를 보고 있었는데, 아이의 엄마는 뒤를 돌아보다가 큰 개가 보이자 흠칫 놀랐다. 그리고 품에 안겨 있던 다른 아이도 놀랐는지 엄마의 품에 안겼다.

"다행이에요. 다친 데는 없어요?"

"이봐요, 맹견을 데리고 다니면서 그렇게 주의를 하지 않으면 어떻게 합니까? 큰일이 날 수도 있다는 거 몰라요?"

몇 명은 여자와 아이들의 안부를 살폈고, 어떤 이들은 개 주인에게 강하게 항의했다.

핏불테리어는 미국에서 가장 사고를 많이 내는 견종이었다. 그래서 밖에 데리고 나갈 때는 목줄뿐 아니라 입마개까지 하는 경우도 있었다.

다행스럽게도 이번에는 큰 사고는 일어나지 않았지만, 정말 아찔한 일이 생길 뻔하지 않았는가. 개 주인은 여자에게 병원에 가보자고 말했는데, 여자는 그것보다는 빨리 집에 가고 싶다고 이야기했다.

개 주인은 혹시라도 무슨 문제가 생기면 연락하라고 자신의 연락처를 주고는 개를 데리고 떠났다. 그렇게 핏불테리어가 떠나자 애들은 안정이 되는 듯 보였다. 주혁을 비롯한 사람들이 주변으로 모여서 잠시 이야기를 나누었고, 미래는 아이들 곁을 떠나지 않고 계속해서 근처에 앉아 있었다.

"얘 이름이 뭐예요?"

"얘는 이름이 미래라고 한단다."

아이는 미래라고 부르면서 손을 내밀었고, 미래는 얌전히 그 손길을 받아들였다. 아이는 부드럽고 푹신푹신한 털을 만지면서 생글생글 웃었다. 그 아이는 핏불테리어는 이미 잊은 모양이었다.

하지만 한 아이는 아직도 충격이 남아 있는지 미래한테 가까이 가지 못했다. 미래는 아이와 장난을 치면서 놀았고, 기분이 좋은지 커다란 몽둥이 같은 꼬리를 휙휙 흔들어댔다. 사람들은 미래와 아이의 사진을 찍으면서 정말 대단하다고 말했다.

"무슨 종륜가요? 정말 키우고 싶네요."

사람들은 미래를 곁에서 보기도 하고 쓰다듬기도 했는데, 미래는 의젓한 자세로 앉아 있었다.

놀랐던 아이도 차츰 진정이 되었는지 미래를 신기한 눈으로 쳐다보았다. 주혁은 아이가 지금 받은 정신적인 충격이 남지 않기를 원했는데, 생각보다는 잘되는 듯했다.

아이가 다른 아이와 이야기를 하더니 미래에게 다가갔기 때문이었다. 아이는 처음에는 다소 무서워하는 낯빛이 있었는데, 차츰 적응을 하더니 이내 미래를 쓰다듬기도 했다. 미래는 그런 아이들과 잘 놀아주었고.

"그레이트 피레네 믹스견이라고 알고 있는데 정확하게는

모르겠어요."

주혁은 아이들을 보면서 사람들과 이야기를 나누었다. 그
리고 잠시 후에 자리를 떠났다. 아이들과 사람들의 열렬한 인
사를 받으면서.

그리고 그 내용은 다음 날 지역 신문의 구석에 짤막한 기사
로 실렸다.

신문에는 사람들의 이야기와 미래의 사진이 실렸는데, 사
고가 날 뻔한 장소에는 CCTV도 없었기 때문이었다. 게다가
창졸간에 벌어진 일이라 핸드폰으로 찍은 사람도 없었다. 나
중에 미래를 찍은 사람들이 있어서 그 사진만 나온 거였다.

기재원 대표는 이 이야기를 듣고는 어떻게든 투어 홍보에
활용을 하자고 말했는데, 주혁은 한류 투어와는 딱히 연관성
도 없어서 생각해 보자고만 이야기했다.

그리고 그 사건은 그렇게 묻히는 듯했다.

주혁은 다음 날 미국을 떠나서 투어를 하느라 그 일에 관해
서 잊고 있었고. 그래서 원래는 그리 유명해질 일이 아니었는
데, 지역의 한 방송국에서 세인트 엘모 식당에서의 일과 이
사건을 엮으면서 사람들의 관심이 쏠리게 되었다.

"캉갈이요?"

그 방송에서는 미래가 그레이트 피레네가 아니라 캉갈의

믹스견 같다는 의견을 제시했다. 털이 조금 많기는 하지만 골격이 그레이트 피레네보다는 캉갈에 가까워 보인다는 거였다. 주혁은 그런 방송을 했다는 사실도 모르고 있었는데, 남미 투어 중에 듣게 되었다.

"캉갈이라는 개도 있었나요?"

주혁은 캉갈이라는 개가 있다는 사실도 처음 알았다. 터키의 국견이고 호랑이도 잡는다는 이야기가 전해올 정도로 강한 견종이었다. 주혁은 캉갈이 어떤 개인지 찾아보았는데, 사진을 보니 미래와 조금 비슷해 보이기도 했다.

"진짜 비슷한 것 같기도 하네요. 이 녀석 덩치가 워낙 크다 보니까 그런 건가?"

하지만 어떤 종류인지가 뭐 그리 중요하겠는가. 미래는 미래였다. 친구이자 동생 같은 존재. 그리고 듬직한 보호자 같은 느낌도 들었다. 무엇보다도 애교가 많아서 좋았다.

지금도 주혁에게 놀아달라고 벌렁 누워서 앞발로 주혁을 톡톡 건드리고 있었다. 그런 모습을 볼 때면 저절로 웃음이 나왔다. 덩치는 산만 한 녀석이 얼굴이나 행동에는 애교가 덕지덕지 묻어 있었다.

하지만 주혁은 미래가 핏불테리어를 향해서 달려갈 때의 모습을 잊을 수가 없었다. 정말 폭발적인 움직임이었다. 그리고 그 울부짖음도 뇌리에 강하게 남아 있었다. 강하고 압도적인 느낌을 받았다. 하지만 흉포하거나 난폭하다는 느낌은 아니었다.

하지만 보통 때는 장난꾸러기에 애교가 넘쳤다.

주혁은 미래의 배를 쓱쓱 쓰다듬었다.

*   *   *

세상에는 별난 사람들이 많았다. 주혁을 신처럼 떠받드는 사람들이 생겼다. 오리건 주에 사는 어떤 사람이 주혁은 아이들을 수호하는 성자이고 미래는 그가 데리고 다니는 성수라고 주장했다.

하기야 '날아다니는 스파게티 괴물교' 라는 종교도 있는데, 뭔들 없겠는가. 하지만 굳이 언급을 할 가치도 없는 일이었다.

그런데 그런 사실이 인터넷을 타고 퍼지면서 묘한 흐름이 생겼다. 아이들을 위험으로부터 보호하자는 움직임이 생기더니 주혁이 어떤 상징처럼 된 것이다.

총기 사고에서도 아이들을 구했고, 이번에도 아이들을 위험에서 구했다. 미래가 한 일이긴 했지만, 주인이 주혁이니 관련이 없다고는 할 수 없다. 그래서 주혁이 성자나 신이라고 생각하지는 않지만, 아이들을 안전하게 보호하자는 운동의 상징적인 인물로 여겼다.

"그런 데 제 이름을 쓰는 거라면 얼마든지 사용해도 좋습니다. 단, 함부로 돈을 걸거나 그런 거는 절대로 안 됩니다."

성명권이나 퍼블리시티권이라는 게 있어서 특정 인물의 이름이나 이미지를 무단으로 사용하면 법적으로 문제가 된다. 아직까지 국내에는 이런 것이 잘 보호받지 못하는 편이었지만, 미국은 저작권 보호가 상당히 강력했다.

그래서 아이들을 안전하게 보호하자는 운동을 벌이는 단체에서 동의를 구해왔다.

주혁은 순수하게 그런 목적이라면 사용해도 좋다고 이야기했다. 좋은 일을 하겠다는데 뭐가 문제가 되겠는가. 하지만 보통 이런 일은 돈이 얽히면서 문제가 되기 쉽다.

그래서 허락은 해줄 생각이었지만, 제대로 된 계약은 단체에 관해서는 조사를 한 후에 할 생각이었다.

자신의 이름이 걸려 있는데, 쉽게 생각할 수는 없는 일이었다.

단체 사람과 통화를 마쳤는데, 이번에는 제프리에게 전화가 왔다.

"제프리, 무슨 일이에요? 곧 만날 텐데 말이에요."

시상식에 참석을 해야 하니 곧 미국으로 들어갈 예정이었다. 제프리는 별다른 건 아니고 분위기가 조금 재미있게 흘러간다는 말을 전하기 위해서 연락했다고 말했다.

"뭐가 그렇게 재미있는데요?"

─자네가 유명세를 타고, 아저씨와 이번 작품의 연기에 관해서도 평가가 되면서 분위기가 상당히 호의적이 되어서 말이지.

제프리는 할리우드가 보기보다 보수적인 곳이라고 이야기했다. 할리우드 영화에서 불륜을 어떻게 다루는지만 보아도 알 수 있었다. 그냥 생각하기에는 그런 문제에 관해서 굉장히 개방적일 것 같지만, 상당히 엄격했다.

불륜을 미화하거나 아름답게 그리는 건 금기였다. 그리고 불륜이 소재로 쓰일 때는 대부분 주인공이 파멸로 치닫게 된다. 모든 작품이 그렇다는 게 아니라 그런 분위기가 전반적으로 흐르고 있다는 뜻이었다.

주혁도 제프리의 말을 듣고 생각해 보니 정말 그런 듯했다. 제프리는 계속해서 말을 이었는데, 그래서 주혁에 대한 호감이 무척 높아졌다는 거였다.

─연기도 평이 무척 좋더군. 이번에는 어렵겠지만, 다음을 위해서라도 이런 분위기는 무척 고무적인 일이야.

좋은 일을 하고 이미지도 좋아졌다니 주혁도 기분이 좋았다. 하지만 그런 외적인 요소보다는 진정한 실력으로 인정받고 싶었다. 지금도 평이 좋기는 했지만, 액션 연기치고는 독

특하고 좋다는 것이지 연기력에 대한 제대로 된 평가는 아니라고 생각했다.

"들어가면 바로 연락하죠. 이번에 할 작품과 관련해서도 할 이야기도 있으니까요."

―그렇게 하게. 기다리고 있겠네.

제프리가 전화를 했을 때는 아예 가능성이 없는 건 아니라는 뜻이었다. 이야기를 들어보니 어렵기는 하겠지만, 전보다는 수상 가능성이 높아진 모양이었다.

"가보면 알겠지."

주혁은 처음으로 아카데미 시상식에 참석한다는 사실이 실감이 나지 않았다. 그동안 쉴 새 없이 달려왔지만, 이렇게 빨리 세계 무대에서 인정을 받으리라고는 생각지 않았으니까.

"이제 조금 남았다. 멀지 않았어."

이제는 정말 꿈이 손에 잡힐 듯한 지점까지 왔다는 게 느껴졌다. 주혁은 저번에 하늘에서 별들이 자신에게 쏟아지는 그 광경이 다시 떠올랐다.

*　　　*　　　*

아카데미상. 미국에서 가장 권위 있는 영화상이다. 1929년에 루즈벨트 호텔에서 1회 시상식이 열렸고, 지금까지 단 한 차례도 거르지 않고 매년 시상식이 열렸다. 루즈벨트 호텔은 주혁이 일전에 알란의 편지를 받은 곳이기도 했다.

"거른 적은 없었지만, 연기가 된 경우는 있었지."

"그래요?"

제프리는 미래를 신기하다는 듯 바라보면서 말을 이었다. 미래는 주혁의 옆에서 웅크리고 있었는데, 제프리는 정말 듬 직하겠다고 중얼거렸다. 저런 개가 옆에 있으면 무서울 게 없 겠다는 생각이 들었던 거였다.

"그런데 정말 이 개가 핏불테리어 두 마리를 제압한 건 가?"

핏불테리어라면 사납기로 소문난 개다. 인명 사고를 가장 많이 일으키는 견종이기도 했고, 그냥 보기만 해도 강인하다 는 느낌이 드는 개였는데 그걸 두 마리나 제압했다고 하니 쉽 게 믿어지지 않았다.

게다가 핏불테리어는 한번 싸움을 시작하면 쉽게 멈추지 않는다고 알려져 있지 않은가. 그렇게 강한 승부 근성을 가지 고 있는 녀석들이 미래라고 하는 개 앞에서는 설설 기었다고 알려졌다. 제프리는 다소 과정이 섞인 게 아닌가 생각하고 있 었다. 그렇다고 하더라도 듬직하긴 했다.

"그럼요. 미래가 얼마나 날렵한데요. 그 녀석들은 체급이 달라서 그런지 아예 상대가 되지 않더라고요."

주혁은 미래의 머리를 쓱쓱 쓰다듬었다.

제프리는 미래를 보고 있다가 다시 이야기를 시작했다. 아카데미 시상식이 연기된 건 모두 세 번 있었다고 하면서 여러 이야기를 해주었다.

아카데미 시상식이 연기가 된 것은 1938년 대홍수로 인해서 7일 동안 연기가 된 적이 있었고, 1968년에는 마틴 루터 킹 목사의 피살 사건으로 하루 연기가 되었다. 그리고 1981년에도 레이건 대통령의 저격 사건으로 그다음 날 시상식이 열렸고.

제프리는 자신도 언젠가는 벤허나 타이타닉 같은 영화를 만드는 게 꿈이라고 하면서 설명을 끝냈다. 두 영화는 아카데미상 11개 부문을 석권했으니 대단한 일 아닌가.

그는 주혁에게 이번에 후보가 된 걸 축하한다고 말했다.

"큰 기대는 하지 말라고. 정말 후보에 오른 것만 해도 대단한 일이니까 말이야."

주혁은 솔직하게 상을 받았으면 좋겠다는 생각을 약간 하기는 했다. 기왕 후보에 올랐으니 상을 받으면 좋지 않겠는가.

하지만 기대는 하지 않고 있었다. 현실적으로 수상이 어렵다는 걸 잘 알고 있었으니까.

주혁이 그렇게 생각한다는 말에 제프리는 고개를 끄덕였다.

"하지만 정말 고무적인 건 비평가들이 호의적이라는 거야. 어지간해서는 좋은 소리 잘 안 하려는 족속들이거든."

좋은 말보다는 쓴소리를 더 많이 하는 게 비평가 아니던가. 제프리도 비평가들 때문에 신경질이 난 적이 한두 번이 아니었다. 하지만 유독 주혁의 연기에 대해서는 좋은 이야기가 많았다.

움직임 하나에도 감정이 깃들어 있다는 말도 있었고, 그의 연기에서는 동양과 서양의 감성을 모두 느낄 수 있다는 찬사도 있었다. 비평가의 말이 전부 옳은 건 아니었지만, 대중적으로도 인기가 있으면서 비평가들에게도 호평을 받는 배우는 거의 없었다.

그런 점에서 주혁은 지금보다 앞으로가 더 기대되는 배우였다. 지금도 정상급 배우라고 할 수 있겠지만, 앞으로는 지금보다도 훨씬 더 많은 인기와 찬사를 받을 거라고 제프리는 생각했다.

"그래, 이번 작품은 잘 진행되고 있고?"

제프리도 제작에 참여하기로 결정된 거나 다름없었기 때문에 작품에 상당한 관심을 보였다. 주혁은 지금까지 진행된 내용을 알려주었고, 제프리도 그 내용을 듣고는 만족스러워했다. 확실히 주혁의 성향이 잘 나타나고 있었다.

주혁은 대중들이 무엇을 좋아하는지 잘 알았다. 그래서 지금 이야기한 대로만 만들어진다면 대중적인 성공은 틀림없을 것이라 보였다. 그리고 내면의 깊이가 드러나는 연기도 있으니, 비평가나 아카데미 회원들도 좋아할 만한 작품이 나올 듯했다.

"흥미롭군. 그럼 언제부터 촬영에 들어갈 예정인가?"

"5월 중순 정도? 진행 상황에 따라 조금 변동 사항이 있을 수는 있겠지만, 대략 그 정도로 생각하고 있으면 될 겁니다."

앞으로 석 달 뒤 정도라는 말이다.

둘은 작품과 제작에 관해서 이야기를 더 나누었다. 그리고 얼마 지나지 않아 이동할 시간이 되어 자리를 정리했다.

"다녀올 테니까 여기 얌전하게 있어야 한다? 알았지?"

주혁의 말에 미래는 낑낑대면서 놀아달라고 버둥거렸지만, 주혁이 얌전히 있으라고 거듭 이야기하자 체념했는지 그 자리에 넙죽 엎드렸다.

"갔다 와서 놀아줄게. 그러니까 여기서 놀고 있어. 장백이 삼촌이 같이 놀아줄 거야."

미래는 주혁의 말을 알아들었는지 컹 하고 소리를 냈다. 주혁은 웃으면서 머리를 쓰다듬어 주고는 제프리와 함께 밖으로 나갔다.

아카데미상 시상식은 2월 26일 오전 10시부터 LA에 있는 코닥 극장에서 열리기로 되어 있었다. 그러니 미리 입장을 해야 해서 주혁과 제프리는 함께 코닥 극장으로 이동했다.

"저 건물이 코닥 극장이야. 그런데 요즘 코닥이 파산 신청을 해서 주인 바뀔 거라는 얘기가 있더라고. 코닥이 파산이라니, 참."

"그래요?"

코닥은 카메라와 필름으로 세계적인 명성을 떨쳤던 회사였는데, 올해 1월에 파산 신청을 했다. 디지털카메라가 대세를 이루면서 수익성이 악화되어 그리된 거였다. 그런데 재미있는 건 디지털카메라를 세계 최초로 만든 곳이 코닥이라는 거였다.

하지만 코닥은 디지털카메라가 필름 사업에 악영향을 줄 것을 우려해서 상용화 계획을 중지시켰다. 눈앞의 이익만 신경 쓰고 시대의 흐름을 제대로 읽지 못한 탓에 그리된 게 아니겠는가.

'눈앞의 이익에 연연하면 결국에는 더 큰 걸 잃게 되는 법이지.'

주혁은 그런 우는 범하지 말자고 다짐했다. 예전에도 그런 유혹이 몇 번 있었다. 커피 프린스로 인기를 조금 얻었을 때, 비슷한 역할을 하면서 CF를 찍자는 제안이 바로 그런 거였다.

하지만 주혁은 그런 것보다는 작품을 통해서 성장하는 방향을 선택했다. 배우는 작품으로 말해야 한다고 생각했기 때문이었다.

물론 거기서 잘못되었더라면 인정도 받지 못하고 돈도 벌지 못하는 경우가 되었을 수도 있었다.

하지만 설사 그렇게 되었더라도 후회하지는 않았을 것이다.

후회할 일은 하지 말고 한 일은 후회하지 말자는 게 주혁의 신조였다.

"코닥 극장이라……."

주혁은 만약 그렇다면 이 극장을 사들이는 것도 괜찮겠다고 생각했다. 상징적인 의미가 있는 건물 아닌가. 그러니 윌리엄 바사드에게 언질을 주어야겠다고 생각했다.

자동차는 극장 앞쪽으로 향했는데, 이미 도착한 배우가 있는지 극장 앞에서 소란스러운 소리가 들렸다.

주혁이 보니 화려한 드레스를 입은 여배우가 사람들에게 손을 흔들면서 지나가고 있었다.

'관광을 하러 온 게 아니라 오늘 시상식의 일원으로 이곳에 오다니.'

감개가 무량하다는 말이 어떤 기분을 말하는 것인지 알 것 같았다. 청룡영화상이나 국내에서 한 시상식에는 참가한 적이 여러 번 있었지만, 할리우드는 느낌이 조금 달랐다.

주혁은 차에서 내려서 옷을 한번 살피고는 걷기 시작했다.

사람들의 환호와 수많은 카메라의 향연.

엄청난 불빛과 함성이 주혁을 덮쳤다.

하지만 주혁은 웃으면서 손을 흔들고는 앞으로 걸었다. 양옆으로는 예전에 작품상을 받은 영화의 제목이 적혀 있었다. 그리고 레드 카펫이 깔린 계단이 보였다.

주혁은 천천히 걸음을 옮겼다. 사람들에게 미소를 보이면서. 레드 카펫을 향해 걸어가는 주혁의 모습은 당당하고 거침없다.

사람들은 주혁의 뒷모습을 보면서 지금까지 지나간 배우와는 달리 무척 커 보인다는 생각을 했다.

이상하다는 생각을 한 사람도 있었지만, 이내 다른 배우가 도착하자 그런 생각은 잊어버렸다. 그리고 스크린에서나 볼 수 있었던 스타들에게 열광했다.

하지만 그 배우의 뒷모습을 보게 되면 아까의 광경이 떠올랐다. 아까 주혁이 걸어가던 모습이.

"이상하네. 아까는 분명히 거인이 걸어가는 것 같은 느낌이 들었는데……."

한 남자가 중얼거렸지만, 카메라 소리와 사람의 목소리에 묻혀서 그걸 들은 사람은 없었다. 하지만 몇몇 사람들은 그 남자와 비슷한 생각을 하고 있었다.

*   *   *

"이거 정말 의외 아닙니까?"

"그러게 말이야."

시상식이 모두 끝나고 영화 관계자 두 명이 모여서 이야기를 나누고 있었다. 이번 시상식에 관한 이야기였는데, 아주 흥미롭다는 표정이었다.

사실 올해 아카데미 시상식에는 특별한 화젯거리가 없다고 보아도 무방할 정도였다. 탈 만한 작품과 배우가 탔다는 게 중론이었으니까.

가장 주목을 받은 건 영화 '아티스트'로 작품상과 감독상, 남우주연상을 포함한 5개 부문을 휩쓸었다. 그리고 다른 상도 큰 이변은 없었다.

하지만 둘이 이야기하는 내용은 상을 받은 것에 관한 이야기가 아니었다. 상을 받지는 못했지만, 주목을 할 만한 일이 있어서 그런 거였다.

"할리우드에서 첫 작품을 한 배우가 이렇게까지 주목을 받은 적이 있었나?"

"저는 잘 생각이 나지 않는군요. 아주 특이한 케이스라고 봐야죠."

주혁은 아쉽게도 2위를 차지했다. 하지만 1위를 해서 상을 받은 장 뒤야르댕과 거의 차이가 없었다. 정말 간발의 차이로 장 뒤야르댕이 상을 받은 거였다. 이런 결과는 관계자들을 놀라게 했다.

"연기보다는 외적인 요소가 많이 작용한 거 아닐까요?"

한 남자가 주혁을 히어로로 여기는 이야기를 꺼내면서 이야기했다. 그런 면이 아예 없다고 볼 수는 없었다. 이번에 이렇게 많은 표를 얻은 것도 세인트 엘모 식당 사건과 미래의 사건이 세간에 알려진 탓이 컸으니까.

"영향은 있었겠지만, 오로지 그것 때문이라고는 볼 수 없을 것 같네. 아카데미 회원들이 어떤 사람들인가."

그런 게 가산점을 준 정도는 되었다. 하지만 주혁의 연기가 그만큼 빼어나지 않았더라면 절대로 아카데미 회원들은 표를 던지지 않았을 것이다.

"스타일이 다른데 굉장히 깊이가 느껴져. 지금이 30대 초반이라고 하던데, 40대나 50대, 그것도 세상의 굴곡을 다 겪은 배우들이 하는 연기 같은 맛이 난단 말이야."

하지만 역동적이고 에너지가 넘치는 젊은이 특유의 감성도 가지고 있었다. 그러니 아주 특이한 스타일의 연기라고 보였다. 활력이 넘치고 몸을 들썩이게 하는 힘이 느껴지면서도 삶의 무게와 깊이가 고스란히 담겨 있는 모습도 보였으니까.

"그리고 가장 무서운 건 이미지야. 연기의 폭을 제한하는 독이 될 수도 있겠지만, 이 정도 위치에 있는 배우가 굳이 악역을 할 이유가 없지 않은가 말이야. 주연을 해달라고 하는 작품이 널렸을 텐데."

지금 주혁이 가지고 있는 이미지는 어떤 사람보다도 좋았다. 아이들의 성자라는 이미지는 연기를 하는 처지에서는 다소 부담스러울 수도 있었다. 매력적인 악역과 같은 걸 할 때는 사람들이 위화감을 느낄 테니까.

물론 분장을 하고 연기력으로 커버를 할 수는 있겠지만, 분명히 마이너스가 되는 요소일 것이다. 그러니 그런 역을 할 이유가 없었다. 주인공을 맡아달라고 사방에서 달려들 테니까. 실제로도 주혁에게 엄청난 양의 시나리오가 오지 않았던가.

둘은 앞으로 주혁이라는 배우가 상당한 파장을 불러올 것이라는 걸 느꼈다. 그들은 주혁이 단지 젊고 잘생긴 배우가 아니라는 걸 알기 때문에 주목해야 한다고 생각하는 거였다. 다른 배우들은 가지지 못한 특별한 걸 주혁은 가지고 있었으니까.

그들이 보기에 주혁은 굉장히 미스터리한 존재였다. 동시에 가질 수 없는 그런 걸 가지고 있었으니까. 하지만 세상에

는 상식적으로는 이해하기 어려운 일도 많지 않은가. 주혁도
그런 것 중 하나라고 생각하고는 넘어갔다.

그리고 그 시각, 주혁은 제프리와 이야기를 나누고 있었다.

"표 차이가 얼마 나지 않았다고요?"

"그렇다고 하더군. 자세한 수치까지는 물어보지 않았는데,
무척 안타까워할 만한 차이였다고 하더라고."

"상관없어요. 어차피 이번에는 받겠다는 생각도 없었는데
요, 뭐."

주혁은 다음 작품에서 승부를 볼 생각이었다. 그리고 충분
히 자신 있었다. 이번 작품이야말로 자신의 모든 것을 보여줄
수 있는 그런 작품이었으니까.

"그런데 정말 이런 이미지가 굳어지면 배우로서는 좋지 않
을 텐데 괜찮겠어?"

"그렇다고 일부러 나쁜 짓을 하면서 돌아다닐 수는 없는
거잖아요."

주혁은 웃으면서 말을 이었다. 만약에 충분히 매력적인 악
역이 있다면 어떤 식으로든 소화할 거라고. 영화를 보는 순간
만큼은 그 캐릭터가 주혁이라는 생각이 들지 않게 만들면 되
는 거 아니냐면서 미소 지었다.

사실 악역이 매력은 더 있었다. 이번 작품이야 성질이 괴팍

한 천재지만 마음 깊은 곳에는 따뜻한 마음을 가지고 있는 역할을 하겠지만, 다음 작품에서는 강렬한 악역을 하고 싶다는 생각이 들었다.

"멈추어 있는 물은 썩는다고 하죠. 저는 계속 흘러갈 겁니다. 끝이 어딘지는 모르겠지만, 멈추지는 않을 거예요."

미래가 앞발로 주혁을 툭툭 건드렸다. 같이 놀자는 거였다.

주혁은 웃으면서 알았다고 하고는 제프리에게 오늘은 이만하자고 이야기했다. 그리고 미래와 함께 밖으로 나갔다.

자신이 원하는 목표를 향해서 끊임없이 흘러가겠지만, 소중한 것을 잊지는 않겠다고 생각하면서.

CHAPTER **72**
새로운 동전

주혁이 연락을 받은 건 시상식이 끝나고 호텔로 돌아와 휴식을 취하고 있을 때였다. 부우웅 하는 진동음이 들려 폰을 들어보니 윌리엄 바사드였다. 시상식 관련해서 아쉽다는 이야기라도 건네려는 것인가 하고 전화를 받았다.

　안 그래도 코닥 극장을 인수하는 문제도 이야기를 해야 하니 잘되었다고 생각하고 손가락을 밀었는데, 그가 말한 내용은 주혁이 예상한 그런 게 아니었다.

　─동전으로 추정되는 물건을 찾았습니다.

　윌리엄 바사드가 다짜고짜 한 말이었다. 하지만 그 말로 모든 것이 이해되었다. 예정에 없던 전화를 이 시간에 한 것이며, 앞뒤 말 다 자르고 저 이야기를 꺼냈는지 알 수 있었다. 다른 사람들에게는 아니겠지만, 둘에게 동전은 엄청나게 중요한 물건이었으니까.

윌리엄 바사드는 동전을 찾기 위해서 예전부터 개인적인 정보망을 움직이고 있었는데, 이번에 새로운 정보가 들어왔다는 거였다. 그래서 전용기를 돌려 텍사스로 향하고 있다고 했다. 일정까지 바꾼 채 말이다.

당연한 일이다. 동전은 그 무엇과도 바꿀 수 없는 물건이다. 돈이나 황금을 아무리 준다고 해도 동전과 바꾸겠는가. 자신이나 보스나 절대로 그렇게는 하지 않을 것이다.

—텍사스에 사는 인디언의 후손이 가지고 있는데, 보내온 사진으로 보면 동전과 거의 흡사합니다. 동전은 세 개가 있고요.

물건을 가지고 있는 사람은 코만치족의 후예라고 하는데, 조상 대대로 내려온 물건이라는 거였다.

주혁은 윌리엄 바사드가 전송한 사진을 확인했다. 사진이라서 확신을 할 수는 없었지만 확실히 동전처럼 보이기는 했다.

크기도 비슷해 보였고 문양이나 재질도 똑같다고 생각되었다.

주혁은 윌리엄 바사드가 흥분을 하는 게 이해가 되었다. 자신도 이런 걸 보았다면 흥분이 되었을 테니까.

—지금 제가 확인하러 가고 있는데, 아무래도 이야기를 하는 편이 좋을 것 같아서 연락을 했습니다.

"언제 도착이지?"

주혁은 만약 저 물건이 동전이 확실하다면 반드시 확보해야 한다고 생각했다. 안 그래도 일전에 동전을 낭비한 것 같아서 마음이 개운치 않았는데, 세 개를 더 확보한다면 훨씬 마음이 놓일 것 같았다.

—저는 서너 시간 있으면 텍사스에 도착합니다.

"나도 지금 바로 출발할 테니 만나서 같이 이동하지. 아니, 아니. 그럴 것 없이 먼저 가서 확인을 하고 만약 동전이 맞으면 확보를 해놓는 게 좋겠어."

동전이 확실하다면 지체할 필요 없이 확보를 하는 게 중요했다. 그럴 일은 없겠지만, 미국은 보스의 정보망이 있는 곳이다. 혹시라도 보스에게 세 개의 동전을 빼앗긴다면 낭패이니 빨리 움직이는 게 좋다고 생각되었다.

주혁도 보스가 동전을 몇 개나 가지고 있는지 몰라서 한 개라도 동전을 더 확보하고 싶었다. 동전이 많은 사람이 무조건 유리하니까.

—알겠습니다. 그럼 제가 도착하는 대로 먼저 가서 확인하

죠. LA에 전용기가 있으니 그걸 이용하시면 될 겁니다. 제가 연락을 해놓겠습니다.

공항에 비행기 편을 알아보려고 했는데, 그렇다면야 한결 편하게 움직일 수 있었다. 주혁은 알았다고 하고는 무슨 일이 있으면 바로 연락을 하라고 전했다.

윌리엄 바사드는 인디언의 후손이라는 자가 살고 있는 주소를 보내주었고, 주혁은 주소를 힐끗 보고 옷을 챙겨 입었다. 주소야 비행기에서 내려서 자동차를 타고 갈 때 입력하면 되는 것이니 지금 신경 쓸 필요는 없는 거였다.

주혁은 이동하기 위해서 준비를 했다. 옷가지를 걸치는 것 외에는 별다른 준비가 필요하지는 않았다. 짐이야 장백이보고 챙기라고 하면 될 것이고, 자세한 일정은 상황을 보고 결정하면 되니까.

그런데 출발을 하려다가 걸리는 게 있었다. 상자가 동전을 전부 찾았다고 했는데, 또 다른 동전이 남아 있는 게 이상하게 느껴졌다.

[이봐. 얘기 좀 할 수 있어?]

주혁은 상자에게 말을 걸었다. 하지만 상자의 대답은 들리지 않았다.

마냥 상자의 대답을 기다리고 있을 수만은 없으니 주혁은 일단 이동하기 위해서 문밖으로 나왔다.

그런데 주혁이 나가려고 하자 미래가 슬그머니 목줄을 물고 다가오더니 주혁의 옆에 서는 게 아닌가.

산책하러 나가는 것으로 안 모양이었다.

주혁은 목줄을 옆에 있는 소파에 놓았다. 그리고 무릎을 굽히고 눈높이를 맞추고는 미안하다고 이야기했다.

"산책 가는 거 아니야. 다른 데 가는 거니까 여기 있어. 조금 있다가 장백이가 와서 같이 놀아줄 거야."

하지만 미래는 컹컹 짖었다. 마치 오늘 갔다 와서는 놀아준다고 하더니 왜 그러지 않느냐고 하는 것 같았다.

주혁은 가만히 생각해 보니 전용기를 타고 움직이는 거라서 미래를 데려가도 괜찮겠다는 생각이 들었다.

미래는 주혁이 옆에 놓은 목줄을 다시 물더니 주혁에게 내밀었다.

주혁은 피식 웃고는 목줄을 채웠다. 미래의 순진무구한 얼굴을 보니 데려가지 않을 수 없었던 것이다.

[무슨 일이지?]

주혁이 공항으로 이동하는 도중에 상자의 목소리가 들렸다. 운전을 하는 도중이라 전용기에 오른 후에 다시 말을 걸겠다고 하면서 잠깐만 기다리라고 전했다. 공항에 도착하니 윌리엄 바사드의 연락을 받은 터라 이동할 준비가 끝나 있었다.

주혁은 푹신한 의자에 몸을 기댔고, 미래도 옆에 편안한 자세로 엎드려 있었다. 비행기는 곧바로 이륙했고, 주혁은 상자에게 다시 말을 걸었다.

[동전 말인데, 혹시 저번에 찾은 동전 말고 다른 동전이 있을 수도 있나?]

[다른 동전? 경우에 따라서는 있을 수도 있지. 그런데 그건 왜 묻는 거지?]

주혁은 새로운 동전이 있다는 이야기를 듣고 확인하러 가는 길이라고 하면서 설명을 했다. 그러자 상자는 몇 가지 가능성에 대해서 언급했다.

[일단 다른 상자의 주인이 가지고 있던 동전이 발견된 것일 수도 있고, 아주 희박하기는 하지만 새로운 동전이 발견된 것일 수도 있다.]

상자는 만약 진짜라면, 원래는 상자의 주인이 가지고 있던 것이 드러난 것일 확률이 높다고 했다. 주혁은 로저 페이튼이 가지고 있던 동전인가 하는 생각을 했다.

[로저 페이튼이 가지고 있던 동전이라고 하기는 무리가 있을 것 같은데? 로저 페이튼의 상자가 있던 곳과 거리도 차이가 나고, 지금 가지고 있는 사람이 계속 소유하고 있었다고 하니까 말이야.]

[그건 그렇지 않을 수도 있다. 일단 상자 주인의 소유가 되

면 거리와는 상관없이 탐색이 되지 않는다.]

상자는 거리가 아무리 멀어도 자신과 주혁이 이야기를 나눌 수 있는 것과 마찬가지 원리라고 했다. 상자가 동전을 인식하면, 아무리 멀리 떨어져 있어도 그 상자의 소유로 인정된다는 거였다.

물론 다른 상자의 주인이 동전을 차지하게 되면 소유가 곧바로 바뀌게 되지만.

주혁은 그렇다면 로저 페이튼이 숨겨놓은 동전일 가능성도 있다고 생각했다. 그러고도 남을 인간이었다.

자신이 가지고 있으면 보스에게 들킬 테니까 그런 식으로 감추어놓았을 것이다. 그런데 기억을 뒤질 때는 그런 걸 확인하지는 못했다.

"아, 조금 아쉽네. 예전 기억도 잘 봐둘 걸 그랬어."

최근의 기억, 그것도 상자와 관련된 기억을 중점적으로 살피다 보니 예전 기억은 거의 보지 않았다. 그래서 그 동전이로저 페이튼의 것인지 확신을 할 수는 없었다.

"그 사람이 경매에 내놓으려고 했다 이거지?"

주혁은 어떻게 된 일인지 생각해 보았다.

로저 페이튼이 누군가에게 동전을 맡겼다. 아주 중요한 물건이니 잘 관리하라고 하면서.

그런데 로저 페이튼이 죽었다는 걸 알게 되었다.

물건을 보관하던 사람은 당연히 그걸로 한몫 챙기려고 할 것 같았다.

"당연히 비싼 물건이라고 생각했겠지. 로저 페이튼과 같은 사람이 중요하게 생각한 물건이었으니까."

충분히 가능성이 있는 시나리오였다. 그런 거라면 정말 횡재를 하는 거였다. 동전을 세 개나 얻게 되다니.

[그럼 그것 말고 다른 가능성은 없는 건가?]

[아주 희박하지만, 가능성이 전혀 없는 건 아니지. 특정한 조건이 있으면 내가 탐색을 하지 못할 수도 있으니까.]

상자는 초자연적인 기운에 의해서 탐색이 방해를 받는 경우가 있다고 했다. 그런 지역이나 그런 힘에 의해 보호를 받고 있었다면 자신의 탐색에 걸리지 않았을 수도 있다는 거였다.

[인디언의 후손이라고 했으니까 무슨 주술적인 힘 같은 건가?]

[어지간한 기운이면 내 탐색을 방해할 수 없지만, 아주 강력한 주술력이라고 한다면 가능성이 있지.]

그러면서 예전에도 탐색을 했는데 찾지 못한 경우가 있다고 이야기했다.

주혁은 상자도 만능은 아니구나 하는 생각이 들었고, 한편으로는 세상에는 정말 신기한 일도 많이 있구나 하고 생각했다.

그리고 예전부터 인디언이 가지고 있었을 수도 있다고 생각했다. 상자와 동전은 인디언들과 관련이 많아 보였다. 마야나 잉카에 상자가 있었던 것만 보아도 그렇다. 그러니 코만치 인디언이 동전을 가지고 있었다고 해도 이상할 건 없는 일이다.

그리고 당연히 권력을 가지고 있는 자가 동전을 가지고 있었을 것이고, 개중에는 주술의 힘이 강력한 사람도 있었을 수 있다. 그래서 주술의 힘으로 동전을 보호해서 탐색에는 나타나지 않았을 수도 있는 일이다.

하지만 어떤 경우라도 상관없었다. 동전이 확실하기만 하다면야 무슨 문제겠는가. 로저 페이튼이 숨겨놓은 것이든 코만치의 보물이든 동전이면 되는 것이다.

주혁은 이번에 찾은 게 동전이었으면 좋겠다고 생각하면서 눈을 붙였다. 텍사스에 도착하려면 시간이 좀 걸리니 그 사이에 쉬어두기로 했다.

주혁은 금방 잠에 빠졌고, 그의 옆에서 미래도 같이 잠이 들었다.

*　　　*　　　*

─보기에는 진짜 같습니다.

주혁은 텍사스에 도착하자마자 연락을 받았다. 윌리엄 바사드가 도착해서 물건을 살펴보았는데, 지금까지 보았던 동전과 똑같다는 거였다. 주혁은 한껏 기대를 하면서 동전을 가지고 오라고 이야기했다. 그런데 갑자기 지지직거리는 소리가 들리더니 통화가 끊겼다.

"여보세요? 여보……."

주혁은 재빨리 주소를 확인했다. 위치를 지도에서 찍어보니 집이 있기는 했는데, 상당히 외딴곳이었다. 근처에는 그 집밖에 보이지 않았다. 통화 연결에 무슨 문제가 있을 수도 있지만, 아무래도 불길한 느낌이 들었다.

주혁은 잠시 기다렸다. 통화 연결에 문제가 있는 거라면 곧 다시 연락이 올 테니까. 하지만 10분을 기다려도, 20분을 기다려도 연락은 오지 않았다. 그리고 윌리엄 바사드의 핸드폰으로는 연결이 되지 않았고.

"무슨 일이 생긴 거야. 그러고 보니 저번에 로저 페이튼을 추격하던 놈들도 핸드폰 통화를 차단하는 기계를 가지고 있었지."

주혁은 어떻게 할까 생각하다가 투자회사의 임원에게 연락했다. 윌리엄 바사드의 최측근이었고 주혁이 평범한 배우가 아니라는 걸 잘 아는 인물이었다.

주혁은 연락을 해서는 지금 상황을 간단하게 설명했다. 물론 동전에 관련된 이야기는 빼고, 모종의 일로 텍사스에 있는 한 장소에 갔는데 무슨 일이 생긴 것 같다고.

이 정도 이야기를 하면 알아서 움직일 것이다.

주혁은 주소를 보내고는 곧바로 차에 올랐다.

그리고 시동을 걸고는 윌리엄 바사드가 알려준 주소로 달리기 시작했다.

차는 잠시의 머뭇거림도 없이 힘차게 앞으로 뛰쳐나갔다.

텍사스에 와본 건 이번이 처음이었다. 텍사스의 황야는 정말 허허벌판이었다. 가끔 굴곡이 있는 언덕과 푸른 식물이 있는 곳도 있었지만, 건조하고 척박하다는 느낌이 드는 땅이 대부분이었다.

가도 가도 황야가 끝나지 않을 것 같은 느낌이었다. 게다가 지금 주혁이 가는 길에는 자동차도 거의 보이지 않았다. 하지만 붉은 석양이 사방을 물들이는 장면은 정말 장관이었다. 불타는 황야를 달리고 있는 것 같은 기분이 들었다.

그리고 약간 분홍빛의 석양이 서서히 자취를 감추고 어둠이 주변을 감싸게 되었을 때, 주혁은 목적지 근처에 도착했다.

그는 자동차의 속도를 조금 낮추고 주변을 세심하게 살피면서 움직였다.

탕!

목적지에 거의 도착했을 때, 어둠을 뚫고 한 방의 총성이 울려 퍼졌다. 역시나 우려했던 일이 벌어지고 있는 모양이었다.

주혁은 어찌할까 고민하다가 일단 헤드라이트를 끄고 차를 길옆에 댔다.

총알이 난무할 수도 있는 곳에 아무런 준비도 없이 들어갈 수는 없는 일이다.

주혁은 차에서 내려서 주변을 살폈다. 하지만 차에 있다가 어두운 곳에 나오니 아무것도 보이지 않았다. 불빛이라고는 저 멀리에 있는 집에서 나오는 불빛이 유일했다.

주혁은 잠시 어둠에 적응했고, 시간이 조금 지나자 그래도 물체의 윤곽이 보이기 시작했다. 반달이 떠 있어서 어슴푸레하기는 했지만 아주 깜깜하지는 않았다.

주혁은 움직이지 않고 가만히 주변을 살폈다. 보통 사람보다 눈이 좋은 터라 멀리 있는 것까지 잘 보였는데, 특별한 움직임은 보이지 않았다. 아마도 서로 움직이지 않고 있는 상황이거나, 아니면 모든 상황이 끝난 것일 수도 있었다.

주혁은 제발 상황이 끝난 것이 아니기를 바라면서 조심스럽게 앞으로 움직였다.

'보인다.'

살금살금 움직이고 있는 두 명의 모습이 주혁의 눈에 들어왔다. 매우 조심스럽게 전진하고 있었는데, 아마도 보스의 수하들이 아닌가 싶었다.

'저쪽으로 움직인다면 윌리엄 바사드는······.'

주혁은 그들이 움직이는 방향으로 미루어 윌리엄 바사드가 있을 만한 곳을 살폈다. 그리고 확실하지는 않지만, 윌리엄 바사드 일행이 모여 있는 곳이라고 짐작되는 곳을 찾았다. 나무 둥치와 바위가 있는 곳이었는데, 거기에 숨어 있으리라 짐작되었다.

거기를 제외하고는 마땅히 숨을 만한 곳이 보이지 않았다. 정확하게 이야기하면 숨을 만한 장소는 더 있었지만, 두 명이 움직이는 방향의 앞쪽에는 거기 외에는 전부 허허벌판이었다. 그러니 분명히 그 장소에 사람들이 숨어 있을 것이다.

주혁은 주변을 살폈다. 그리고 두 명의 뒤쪽에 사람들이 더 있는 것을 확인했다. 계속 그들의 근처를 살폈는데, 두 명이 앞에서 전진하고 나면 뒤쪽에서도 조금씩 움직이는 걸 반복했다. 하지만 아직까지는 그들을 견제하는 아무런 반응도 없었다.

그렇지만 저렇게 조심스럽게 움직이는 걸 보면 분명히 앞쪽에 사람들이 있는 것이다. 아무도 없는데 저렇게 조심스럽게 움직이고 있는 건 아닐 테니까. 설마하니 이곳에서 서바이벌 게임이라도 하고 있을 리는 없지 않은가.

탕!

주혁이 예상한 장소에서 불꽃이 뿜어졌다. 기회를 노리다가 쏜 총알일 것이다. 하지만 잠시 상대의 움직임을 멈추게 했을 뿐 효과를 보지는 못한 듯했다. 아까와 똑같은 숫자의 사람들이 움직이는 게 보였기 때문이었다.

'총알이 넉넉하지 않은 모양이군.'

무척이나 총알을 아낀다는 생각이 들었다. 하기야 만약의 경우를 대비해서 총을 가지고 다니기는 하겠지만 탄창을 수십 개씩 가지고 다니지는 않을 것이다. 처음 맞닥뜨렸을 때도 당연히 총격전이 벌어졌을 것이고. 그러면 지금은 총알을 아끼는 게 이해가 되었다.

주혁은 살금살금 앞으로 이동했다. 그들이 있는 곳까지는 거리가 500미터 정도 되어 보였는데, 주혁이 있는 방향으로는 신경을 전혀 쓰고 있지 않은 듯했다. 그래서 주혁은 상대의 움직임을 관찰하면서 그들과의 거리를 좁힐 수 있었다.

사실 주혁의 신체가 일반인보다 훨씬 발달되어 있었기 때문에 가능한 일이었다. 달이 떠 있다고는 하지만 야간에 500미터 거리에 있는 사람들의 움직임이 자세히 보인다는 건 있을 수 없는 일이다.

'그런데 너무 움직임이 없는 것 아닌가?'

주혁은 윌리엄 바사드 쪽에서 왜 이렇게 움직이지 않는지

의아했다. 어지간하면 앞쪽의 상황을 확인하기 위해서 내민 머리라도 보일 것 같은데, 그런 것도 전혀 없었다. 아까 총을 쏠 때만 잠깐 그림자가 올라왔었던 것을 제외하고는 전혀 움직임이 없는 것 같았다.

'혹시 전부 심각한 부상을 입은 건가?'

이해할 수 없는 움직임이었지만 무슨 사정이 있으려니 했다.

주혁은 조금씩 움직여서 대략 300미터 정도까지 접근할 수 있었다. 그러자 상대의 움직임이 조금 더 명확하게 보였다.

"헤이, 바사드. 우리 시간 낭비 하지 않는 것이 어떤가?"

익숙한 목소리가 들렸다. 주혁은 목소리의 주인이 오드아이라는 걸 단박에 알아차렸다. 하기야 윌리엄 바사드라는 거물을 상대하려면 그 정도 인물은 오는 게 맞을 것 같다는 생각이 들었다.

하지만 윌리엄 바사드 쪽에서는 아무런 대답도 들리지 않았다.

주혁은 조금 과감하게 앞으로 이동했다. 지금 있는 사람들의 위치는 모두 파악했고, 그중에서 주혁이 있는 쪽을 신경 쓰는 사람은 아무도 없었다.

상대는 모두 12명으로 보였다. 저번에 로저 페이튼의 사건 때 보았던 자들과 비슷한 숫자였다. 아마도 그 녀석들이 다시

온 모양이었다.

주혁은 지금 상황을 어떻게 헤쳐 나가야 하는지 고민이 되었다.

'그냥 모두 죽여 버릴까? 뒤쪽에서부터 한 명씩 정신을 제압하면 그리 어려울 것 같지도 않은데.'

사실 자신이 가진 능력을 사용하면 그렇게 하는 것도 어렵지는 않을 듯했다. 주혁은 누구부터 어떻게 하면 가장 효율적으로 적을 모두 제거할 수 있을지 궁리했다.

'가장 뒤쪽에 있는 녀석들부터 정신을 조작하면 되겠어. 맨 뒤에 처져 있는 네 놈만 그렇게 하면 상황은 거의 끝난 거나 마찬가지겠는데?'

네 명만 세뇌에 성공하면 그 사이에 섞여서 이동하면서 다른 자들을 하나씩 제압하거나 세뇌하면 될 듯했다. 절반 정도만 그리하면 그다음에는 나머지를 기습하면 될 테니까. 뒤에서 갑자기 기습을 하면 무슨 수로 막겠는가.

그런 상상을 하니 점점 신이 났다. 그리고 빨리 상대를 모두 해치워야겠다는 생각과 동시에 살심이 일었다.

그런데 주혁은 그런 생각을 하다가 이상하다는 생각이 들었다. 지금과 같은 생각은 자신의 스타일이 아니라는 생각이 퍼뜩 들었던 거였다.

'뭐지? 내가 왜 이러는 거지?'

주혁은 자신이 뭔가 이상해졌다는 생각이 들었다. 지금 저 사람들을 빨리 없애고 싶다는 생각은 평소라면 절대로 하지 않았을 것이다. 그리고 생각을 하면 할수록 이상한 점이 한둘이 아니었다.

'맞아. 여기를 덜컥 찾아온 것도 그래. 윌리엄 바사드만 보내도 되는 건데 왜 굳이 나까지 여기에 온다고 한 거지?'

사실 지금 상황이 보스가 파놓은 함정일 수도 있었다. 갑자기 동전이 나타났다고 할 때부터, 그것도 미국에서 나타났다고 했을 때 이상하다는 생각을 해야 했다. 하지만 그런 것보다는 동전을 빨리 얻어야겠다는 생각이 앞섰다.

욕심이었다. 평소 주혁답지 않게 과한 욕심이 눈앞을 가린 것이다. 여태껏 욕심이 없었던 건 아니다. 하지만 지금까지 주혁이 가지고 있던 욕심은 순수하고 맑은 열정과 열의라고 한다면, 지금의 욕심은 찐득한 느낌이 드는 욕망이었다.

갑자기 찬물을 뒤집어쓴 것 같았다. 무언가 잘못되어 가고 있다는 생각에 주혁은 언제부터 이런 일이 벌어진 것인지 기억을 더듬었다. 그러자 여러 가지 생각이 떠올랐다.

아카데미상에 대한 욕구도 이상하게 강했던 것 같았다. 물론 받겠다는 생각도 있었고 그걸 위해서 노력하겠다는 의지도 있었지만, 시상식 부근에 느꼈던 감정은 평소 자신이 생각하던 것보다는 훨씬 강한 감정이었다.

그리고 제프리에게 미래가 핏불테리어를 제압했다면서 자랑을 한 것도 평소답지 않은 모습이었다. 이해하려고 하면 이해할 수는 있는 부분이었는데, 분명히 평소의 모습보다는 조금 들떠 있었다. 그리고 어제부터의 생각이나 행동은 더욱 심한 것이었고.

그리고 계속 기억을 더듬다 보니 언제부터 그렇게 된 건지 알 수 있었다.

모두가 갑자기 머리가 아프고 난 후에 벌어진 일이었다.

주혁은 일단 생각을 차단했다. 상자가 자신의 기억을 읽을 수 없도록.

'설마 부작용이?'

사실 자신이 얻은 능력은 비현실적인 능력이다. 그리고 지금까지는 아무런 반작용도 일어나지 않았다. 모든 일에는 대가가 있는 법이다. 이런 대단한 능력을 얻었는데, 아무런 대가를 치르지 않아도 된다? 솔직히 말도 안 되는 일이다.

지금까지는 무작정 좋다고만 생각했는데, 이상하다는 생각이 들었다. 여태껏은 백화점에서 공짜로 쇼핑을 한 느낌이었다. 주혁은 지금까지 얻은 혜택의 대가를 언젠가 한꺼번에 지불해야 하는 게 아닌가 싶었다. 그렇게 생각하자 모든 게 혼란스러웠다.

'도대체 지금 상황을 어떻게 판단해야 하는 걸까? 그리고 이걸 상자와 상의를 해도 되는 걸까?

상자는 이런 사실을 미리 알고 있었을 수도 있다. 아니, 알고 있을 것이다. 그런데 자신에게 이야기를 하지 않았다. 그런 식으로 자꾸만 의심이 들기 시작하니 의심이 꼬리를 물고 커졌다. 그러다가 이렇게 생각하는 것도 자신답지 않은 거라는 생각이 들었다.

'이거 참. 내가 정말 뭐하는 거지?'

주혁은 머리를 흔들어서 정신을 차렸다. 그리고 심호흡을 크게 했다. 밤의 차갑고 신선한 공기가 폐를 훑고 지저분한 감정의 찌꺼기와 함께 밖으로 나갔다. 몇 차례 심호흡을 반복하니 머리가 조금은 맑아지는 기분이었다.

'일단 윌리엄 바사드부터 구한다. 그리고 이 일에 관해서는 상자에게 나중에 물어보자.'

상자는 모든 걸 이야기해 주지는 않았지만, 적어도 거짓을 알려주지는 않았다. 주혁은 일단 상자를 믿기로 했다. 그리고 그것보다 지금 당장 눈앞에 닥친 일을 어떻게 처리해야 할지에 집중했다.

아까 생각한 것과 같이 전부 죽여 버릴 수도 있었다. 하지만 그건 자신의 방식이 아니었다. 주혁은 일단 오드아이의 위치를 파악하기로 했다. 왜냐하면 그가 이 조직의 명령권자일 것이기 때문이었다.

저번에 보니 리더가 따로 있기는 했지만 오드아이가 보스의 최측근이었으니 그가 이곳에서는 가장 높은 자일 것이다. 그러니 그를 제압할 수만 있다면 상황은 쉽게 정리할 수 있을 것이다.

오드아이의 위치를 파악하는 건 어렵지 않았다. 그가 종종 윌리엄 바사드에게 말을 걸었기 때문이었다.

오드아이는 후미에 있었는데, 눈에는 야시경을 끼고 있었다.

'설마 적외선 장비까지 가지고 있는 건 아니겠지?'

야시경까지는 크게 문제가 되지 않았지만, 적외선 장비까지 있다면 자신의 위치가 발각될 수도 있다.

주혁은 오드아이와의 거리를 가늠해 보았다.

250미터?

오드아이는 종종 큰 소리로 말을 했기 때문에 그의 위치는 정확하게 파악하고 있었다. 그리고 그를 가운데 두고 주변에서 감싸는 진형을 이루고 있었다. 그러니 위치만 보아도 오드아이가 누구인지 알 수 있었다.

주혁은 지금 능력을 사용해 볼까 했지만, 이내 마음을 고쳐먹었다. 확실하지는 않았지만, 능력을 사용하기에는 거리가 너무 멀다고 느껴졌다. 테스트를 해보지는 않았지만 지금 거리에서는 어렵다는 느낌이 들었다. 그래서 앞으로 전진했다. 오드아이를 향해서 조금씩 조금씩.

점점 그들과의 거리가 가까워질수록 소리를 죽이면서 움 직였다.

　그렇게 얼마를 더 접근해서 200미터 안쪽이라고 느껴지자 잠시 숨을 고르고는 정신을 집중했다.

　'이 정도면 되겠어.'

　주혁은 목표물을 정확하게 확인하고는 능력을 사용했다. 그러자 시간이 멈추고 세상이 정지했다. 정확하게는 시간이 매우 느리게 흐르는 거였지만, 빛을 제외하고는 움직이는 것 이 없으니 멈춘 것과 다름없었다.

　'아!'

　주혁은 오드아이에게 능력을 사용하는 것도 잊은 채 속으 로 감탄사를 내뱉었다.

　세상이 멈추어 있는데, 달빛이 서서히 지상으로 쏟아지고 있었다. 구름에 가렸다가 다시 나온 달빛이 천천히 지상으로 내려오는 모습은 말로 설명할 수 없을 정도로 아름다웠다.

　아니, 아름답다는 말로는 표현할 수 없는 무언가가 있었다. 신성하고 모든 것이 정화되는 것 같은 느낌이랄까. 장엄하고 웅장한 광경에 가슴이 벅차올랐다. 그러면서 지금 여기서 아 옹다옹하고 있는 것이 더없이 초라하게 느껴졌다.

　대자연의 위용 앞에서는 정말로 작은 티끌과 같은 존재들 이 끝없이 잘났다고 자기 욕심을 채우기 위해서 서로를 속이고 해치는 일을 하는 게 우습게 느껴졌다.

하지만 자신 역시 아직은 그런 세상에서 살아가는 존재.

주혁은 벅찬 감정은 정리하고 다시 현실로 돌아왔다. 그리고 오드아이의 기억을 보기 위해서 정신을 집중했다.

주혁의 눈에서 나온 밝은 빛은 오드아이의 머리를 향해서 곧바로 날아갔고, 먼 거리임에도 조금의 흐트러짐도 없이 뻗어갔다. 그리고 이내 오드아이의 머리를 감쌌다.

'여기서부터는 처음 해보는 것인데……'

주혁은 정신을 조작해서 자신의 생각대로 오드아이를 움직이게 만들 생각이었다. 그러기 위해서는 그의 기억에 새롭게 집어넣어야 할 것들도 있었고 지우거나 고쳐야 할 것들도 있었다.

말은 복잡했지만 어떻게 해야 하는지는 느껴졌다. 마치 숨을 쉬는 법을 배우지 않아도 모두가 숨을 쉴 수 있는 것처럼 주혁은 지금의 일을 하기 위해서는 어떻게 해야 하는지 알고 있었다.

주혁은 망설이지 않고 작업을 했다. 중간에 보스가 심어놓은 여러 가지 것들이 보였지만, 그것들은 모두 피해서 작업을 했다.

'가만. 이렇게 해서 오드아이를 돌려보낸 다음에 보스에 관한 정보를 빼내도 되겠는데?'

오드아이를 이용하면 보스를 잡을 수도 있겠다는 생각이 들어서 주혁은 그런 부분까지 작업을 했다. 덕분에 작업을 하는 데 시간이 오래 걸렸다. 물론 이 세상의 시간으로는 정말 찰나의 시간에 불과하겠지만.

그리고 작업을 하는 주혁을 보면서 상자는 다른 생각을 하고 있었다. 주혁이 생각을 차단해서 마음을 읽을 수는 없었지만, 주혁의 눈을 통해서 보는 건 할 수 있었다.

[고비를 완전히 넘긴 건 아닌 것 같군.]

상자의 기운을 받아 능력을 사용하는 자들이 한 번은 넘어야 할 산이 있다. 바로 마음의 유혹을 이겨내야 하는 거였다.

지금까지 이 고비를 완전하게 넘긴 자는 많지 않았다. 알란도 마지막 순간에 결국 이겨내지 못했다.

아니, 알란은 이겨내지 못했다기보다는 스스로 포기했다. 만약 계속 상자를 소유하고 있었더라면 분명히 고비를 넘겼을 텐데. 그래서 상자는 더 아깝고 안타까웠다. 알란 말고는 그럴 사람이 없을 것이라고 생각했으니까.

하지만 이제 다른 가능성이 보이기 시작했다. 주혁도 가능성이 있어 보였다. 아직은 더 지켜봐야겠지만, 가능성은 다분했다. 마음이 강한 녀석이었으니까.

[제법이야. 갈수록 마음에 드는 녀석이군.]

상자가 그런 생각을 하는지 알지 못하는 주혁은 작업에 열중하고 있었다. 이 상황이 정리되면 상자에게 어떻게 된 것인지 물어보겠다고 다짐하면서.

*　　　*　　　*

주혁은 오드아이의 기억을 살피다가 재미있는 사실을 알게 되었다. 오드아이는 보스와 통화가 가능한 기기를 가지고 있었다. 저번에 통화가 차단되어 로저 페이튼이 죽은 이후로 보완을 한 모양이었다.

주혁은 그 점을 이용해서 작전을 짜기로 했다.

기억을 조작하는 건 간단한 게 아니었다. 기억을 보는 것이 단순하게 컴퓨터를 클릭하는 거라고 한다면, 기억을 조작하는 건 포토샵과 같은 특별한 작업을 하는 것과 마찬가지였다. 컴퓨터를 하는 것과 비교를 할 수는 없겠지만, 쉽게 보자면 그랬다.

주혁은 세심하게 주의를 기울였는데, 처음 하는 것치고는 그렇게 어렵지는 않았다. 다만, 작업할 양이 많아서 시간이 좀 걸릴 뿐이었다. 거리도 멀고 시간도 오래 걸려서인지 작업을 하는 도중에 힘이 달린다는 느낌이 들었다.

'이러다가 끝내지 못하고 능력이 중단되면 어떻게 되는 거지?'

오드아이의 정신이 완벽하게 조작되지 않은 상태에서 깨어난다면 자신의 위치와 정체가 발각될 수도 있었다. 아니, 그렇게 될 가능성이 높았다.

'그렇게 되면, 총알이 빗발친다는 게 어떤 건지 알 수 있겠지.'

중요도에 있어서 윌리엄 바사드와 주혁을 비교한다는 건 어불성설이다. 윌리엄 바사드도 거물이기는 했지만, 보스 일당에게 주혁은 최종 보스나 마찬가지였다. 그러니 주혁이 있다는 게 알려진다면 총구는 모두 주혁을 향할 것이다.

물론 어떻게든 빠져나올 수 있을 것이다. 거리도 조금 되었고, 윌리엄 바사드 일행도 아직 있었으니까.

그리고 능력을 사용한다면 오히려 제압을 할 수도 있다. 혹시라도 최악의 경우가 된다손 치더라도 상자가 작동할 것이니 문제 될 건 없다.

하지만 그런 상황에 빠지지 않는 게 최선이다. 주혁은 더욱 집중해서 작업을 빨리 마무리하려고 신경을 썼다.

상자에게서 받은 기운이 늘어서 그런지 상당 시간 작업을 했는데도 아직은 버틸 만했다. 지치기는 했지만, 아직도 약간은 작업을 할 수 있겠다는 느낌이 왔다. 하지만 오드아이의 정신을 조작하는 작업은 거의 마무리가 되어가고 있었다.

'이 정도면 확실하지?'

주혁은 다시 한 번 자신이 작업한 내용의 기억을 쭉 살폈다. 자신이 생각한 대로 흘러간다면 아주 재미있는 상황이 벌어질 것이라고 예상되었다.

주혁은 기운을 거두어들였다.

빛이 다시 주혁의 눈을 통해 몸으로 들어왔고, 그러자 세상이 다시 정상 속도로 움직이기 시작했다.

그리고 주혁은 순간적으로 약한 현기증을 느껴서 잠시 바닥에 누웠다. 하지만 자신이 한 일이 제대로 돌아가는지 확인하기 위해서 바로 몸을 일으켰다.

"예. 그… 마… 으니……. 이… 말이……."

오드아이는 커다란 물체를 손에 들고 이야기를 하고 있었다. 주혁의 귀에는 무슨 이야기인지 거의 들어오지 않았다. 거리도 멀었고 큰 소리로 말하는 것도 아니어서 그랬다. 이 정도 띄엄띄엄 말이 들린 것도 주혁의 청력이 워낙 좋았기 때문이었다.

하지만 주혁은 오드아이가 무슨 말을 하고 있는지 전부 알고 있었다. 자신이 넣어놓은 대로 움직이고 있었기 때문이었다. 오드아이는 보스에게 연락을 받는 것처럼 행동하고 있는 것이었다.

그가 그렇게 하는 건 시간을 벌기 위해서였다. 오드아이는 전화를 거는 척하면서 수하들의 기억을 조작하고 있었다. 그렇게 행동하도록 한 데는 다 이유가 있었다.

오드아이는 주혁처럼 능력이 강하지 않았다. 그래서 이곳에 있는 12명의 기억을 모두 바꾼다는 건 쉽지 않은 일이었다. 그래서 아주 최소한의 기억만 조작해야 했다. 그것도 상당한 시간 동안에. 오드아이에게는 그런 정도의 능력밖에는 없었다.

그래서 지금 오드아이는 윌리엄 바사드를 습격했지만, 그는 탈출했다고 다른 이들의 기억을 바꾸고 있는 거였다. 그래야 윌리엄 바사드가 무사해도 이상하지 않을 테니까.

오드아이야 작전의 실패에 대한 추궁은 받겠지만 무슨 일을 당하거나 하지는 않을 것이다. 로저 페이튼도 없는 지금 보스의 곁에 오드아이만 한 인물은 없을 테니까. 그래야 오드아이가 자신에게 정보를 전해줄 것이고.

여러 면을 고려했을 때, 지금 상황에서는 이 방법이 가장 효과적이라고 생각했다.

상황은 주혁이 원하는 대로 진행되었고, 잠시 후 오드아이가 말을 꺼냈을 때, 모두가 고개를 끄덕이고는 그의 뒤를 따랐다.

"모두 끝났으니 이제 돌아간다."

부하들은 알았다는 짧은 말과 함께 자리에서 일어섰다. 그리고 무언가 이상한 게 있는지 굉장히 어색해하는 자가 있었지만, 뭐하냐는 오드아이의 호통에 재빨리 걸음을 옮겼다.

주혁은 제발 윌리엄 바사드 일행이 조용히 있기를 바랐다. 공연히 지금 총질이라도 하면 산통이 다 깨져 버리니까. 하지만 어지간하면 그럴 일은 없을 것으로 판단했다. 총알도 아끼면서 숨어 있던 사람들이다.

'쉽사리 모습을 드러내기는 어렵겠지.'

역시나 윌리엄 바사드 쪽에서는 아무런 기척도 들리지 않았다. 어리둥절한 상태이긴 하겠지만, 이렇게 알아서 물러가 주니 오히려 다행이라고 생각하고 있을 것 같았다.

주혁은 오드아이 일당이 모두 차를 타고 떠나는 걸 확인했다. 자신의 능력이 제대로 먹혔다고 생각되었지만, 혹시나 하는 마음에 끝까지 긴장을 늦추지 않고 살폈다. 오드아이 일당은 전원 차에 나누어 타고는 이곳에서 떠났다.

자동차의 라이트가 보이지 않을 때까지 계속 지켜보았지만, 자동차는 멈추지 않고 계속해서 달렸다.

물론 잠시 후에 오드아이가 혼자서 다시 이 장소로 돌아올 것이다. 보스를 감시하도록 하려면 작업을 할 시간이 필요했기 때문이었다.

아까 작업을 하면서 마저 할까도 생각했었지만, 아무래도 무리가 될 것 같았다. 그래서 일단 지금의 상황만 정리하는 선에서 마무리 지었다. 대신 이곳으로 혼자서 오도록 암시를 남겨놓은 거였다.

오드아이 일당이 사라지자 윌리엄 바사드 일행이 움직이기 시작했다.

주혁은 핸드폰으로 전화를 걸어 자신이 근처에 있음을 알렸다.

윌리엄 바사드는 주혁이 그들을 물러가게 한 것을 알고는 크게 기뻐했다.

그는 주혁이 짐작한 장소에 경호원들과 숨어 있었다.

"오드아이 일당은 모두 떠났으니 안심해도 된다."

—감사합니다, 마스터. 자칫했으면 큰일 날 뻔했습니다.

"잠깐 둘이서 이야기를 좀 할까?"

—알겠습니다. 집으로 오시죠. 그 안에서 이야기를 하는 게 좋겠습니다.

주혁은 다시 차로 가서는 집까지 차를 몰았다.

차가 다가오자 경호원들이 무척 경계했는데, 윌리엄 바사드가 이야기를 하자 길을 열어주었다.

둘은 집 안으로 들어갔는데, 안은 예상외로 말끔했다.

"여기서는 일이 일어나지 않았으니까요. 밖으로 나가서 이동하려는데 갑자기 습격을 받아서 급하게 몸을 피한 겁니다."

윌리엄 바사드도 10명이 넘는 경호원과 함께 움직였다. 하지만 습격을 받아서 일단 몸을 피할 수밖에 없었다. 그리고 사람들이 고개를 내밀지 않았던 이유도 알았다.

"이상하게 머리만 약간이라도 내밀면 사람이 이상하게 되더군요."

오드아이가 한 짓이었다. 어려울 것도 없었다. 잠시만 멍하게 있게 만들면 움직이지 않는 표적이나 다름없는 거니까.

'그래서 그렇게 꼭꼭 숨어 있었던 거였구나.'

그것보다 주혁은 동전이 어떻게 된 것인지 궁금했다. 윌리엄 바사드는 동전은 가짜라고 이야기했다. 그리고 이 상황도 처음부터 계획된 함정이었다.

"저를 노리고 계획을 한 겁니다. 워낙 비슷해서 감쪽같이 속을 수밖에 없었죠."

그는 주혁에게 동전을 하나 내밀었다. 겉으로 보기에는 똑같아 보였다. 하지만 동전 가운데 무언가로 긁은 선이 그어져 있었다. 진짜 동전이라면 어지간한 것으로는 이런 상처가 나지 않았을 것이다.

어떤 금속인지는 모르겠지만, 진짜 동전은 무척이나 단단했다. 쇠로 긁어도 아무런 상처도 나지 않을 정도였으니까.

하지만 이 동전은 그렇지 않았다. 하기야 겉모습만 똑같이 만들려고 한다면 얼마든지 만들 수 있지 않겠는가. 원본을 가지고 있으니 모양을 잡는 건 일도 아닐 것이고.

"그런데 좀 이상하기는 하군. 갑자기 왜 이런 일을 꾸몄는지."

"로저 페이튼이 죽어서 그런 게 아닐까 합니다."

윌리엄 바사드는 로저 페이튼이 없는 지금 아무래도 윌리엄 바사드에게 밀릴 수밖에 없으니까 그걸 만회하기 위해서 이런 일을 꾸민 것 같다고 말했다. 일리가 있는 말이었다. 자금은 누구에게나 중요하니까.

'하긴 윌리엄 바사드만 없다면, 보스 쪽에서도 숨통이 좀 트이겠지.'

그만큼 윌리엄 바사드의 능력은 뛰어났다. 그리고 무엇보다도 보스에게 적대적이라는 게 그들로서는 가장 큰 문제였을 것이다. 만약 다른 자였으면 어떻게든 손을 잡을 수도 있었겠지만, 윌리엄 바사드는 그런 게 애초에 불가능했으니까.

"그런데 어떻게 하신 겁니까? 갑자기 오드아이의 움직임이 이상해져서 놀랐습니다."

"그냥 내가 할 수 있는 일 중 하나라고만 알아두게."

윌리엄 바사드는 무척이나 신기한 듯 주혁을 바라보았다. 하기야 도대체 무슨 일이 있었기에 오드아이가 물러갔는지 궁금하기는 할 것이다. 하지만 굳이 자신의 능력을 이야기해 줄 필요는 없었다.

로저 페이튼이 보스를 배신한 것처럼 윌리엄 바사드도 그러지 말라는 법은 없는 것이니까.

주혁은 오늘 일에 대해서 이야기를 조금 더 나누었다. 무언가 찜찜한 구석은 있었지만, 그래도 윌리엄 바사드가 무사해서 다행이라고 생각되었다.

"앞으로는 더욱 주의하라고."

"알겠습니다. 급하게 움직이는 바람에 그랬는데, 앞으로는 신경을 더 써야겠습니다."

주혁은 윌리엄 바사드와 걸어 나오면서 말했다.

"먼저 가보라고. 나는 여기에서 잠시 쉬었다가 갈 테니까."

"괜찮으시겠습니까? 너무 외진 곳이라서……."

"걱정하지 않아도 되니 먼저 가서 쉬도록 하게."

윌리엄 바사드는 몇 명이라도 남겨놓고 가겠다고 했지만, 주혁은 거절했다. 오드아이와 만나는 걸 다른 사람에게는 보이고 싶지 않아서였다.

"그래도 안전한 것이 좋습니다. 자동차 한 대를 남겨서 세 명 정도가 멀리서 지켜보게 하면 되지 않겠습니까?"

주혁은 자꾸만 사람을 남기려는 윌리엄 바사드가 오히려 의심스러웠다. 하지만 이내 머리를 흔들었다. 요즘따라 이상하게 의심도 많아지고 생각하는 것도 자꾸 이상해져 간다는 생각이 들어서였다.

주혁은 윌리엄 바사드와 같이 나와서는 자신의 자동차에 앉았다. 윌리엄 바사드 일행도 자동차에 나누어 타고는 출발했는데, 조용한 곳이라서 그런지 차의 소리가 유난히 크게 들렸다.

주혁은 눈을 감고 가만히 귀를 기울였다. 처음에는 자동차 소리만 들렸는데, 그 소리가 점점 멀어지자 많은 소리가 들리기 시작했다.

황야를 지나가는 바람 소리가 들리고 자연의 소리가 귓가를 채우자 주혁은 상자에게 말을 걸었다.

[이봐, 이야기 좀 하지.]

[궁금한 게 뭐지?]

[머리가 아픈 이후로 조금 이상해진 것 같아서 말이야.]

상자는 말이 없었다. 그래서 주혁은 다시 질문을 던졌다.

[알고 있었나? 이런 일이 일어날 것이라는 걸?]

[정확하게는 아니지만, 그럴 수도 있다는 건 알고 있었지. 하지만 전에도 말했지만 똑같은 상황이라도 다른 반응을 보이기도 한다. 그러니 어떤 일이 일어날 거라고 내가 확신할 수는 없는 일이지.]

상자는 지금까지 많은 경우를 보았는데, 정말 천차만별이었다고 했다. 주혁과 같이 정신에 문제가 생긴 경우도 있었고, 아무렇지 않은 경우도 있었다. 그리고 육체의 특정 부위에 이상이 생긴 경우도 있었다고 했다.

[한 가지 확실한 건 자네가 잘하고 있다는 거야.]

상자는 문제가 생기는 게 중요한 게 아니라 그걸 어떤 식으로 이겨 나가는지가 중요하다고 말했다.

[자네도 짐작하고 있겠지만, 나의 에너지는 인간이 갖고 있지 않은 것이야. 당연히 문제가 생길 수밖에 없지.]

공짜로 엄청난 능력을 사용할 수 있는 건 아니라는 거였다. 그렇다면 당장에는 굉장한 것처럼 보여도 나중에는 큰 대가를 지불해야 할 수도 있는 것 아닌가.

[자네가 생각하는 그런 개념은 아닐 거야. 운명의 흐름은 그렇게 간단한 게 아니니까. 지금 해줄 수 있는 이야기는 자네가 지금까지는 아주 좋았다는 거야.]

상자는 보스를 예로 들었다. 보스는 비슷한 상황에서 제대로 판단하지 못해서 좋지 않은 결과를 얻었다면서.

[좋지 않은 결과?]

[육체에 문제가 생겼다고만 해두지.]

자세한 건 이야기해 줄 수 없다고 했다. 주혁은 그전에 자신과 비슷한 경험을 한 사람들의 이야기를 좀 들려달라고 말했다.

[글쎄. 자세한 이야기를 하는 건 어렵고, 딱히 도움이 될 것 같지도 않은데…….]

그런 것에 신경 쓰지 말고 자신이 생각하는 대로만 하는 편이 더 좋을 거라고 말했다. 비슷하게 보이는 경우라도 여러 상황이 다르니 결국에는 스스로 판단을 해야 한다면서.

[내 생각을 말하는 건 흔한 경우는 아니지만, 이렇게 말해 주고 싶네. 자네 자신을 믿게. 내가 보아온 자네라면 충분히 잘할 거라는 생각이 들어.]

주혁은 순간 미묘한 느낌이 들었다. 상자와 갑자기 조금 가까워졌다는 생각이 든 거였다. 이런 식으로 자신에게 이야기를 한 적은 처음인 것 같았다.

[그런가? 고맙군.]

[그러니 다른 것에 너무 신경 쓰지 말고 자네가 생각하는 대로 하라고. 지금까지 잘해온 것처럼.]

주혁은 조금은 불안했던 마음이 진정되는 걸 느꼈다. 그리고 어쩐지 상자가 오랜 친구처럼 느껴졌다.

CHAPTER **73**
오드아이

오드아이에게는 돌아가다가 상황을 봐서 이곳으로 오라고
했다. 그렇다고 마냥 기다릴 수만은 없는지라 4시간 안에 올
수 있을 것 같으면 오고 아니면 나중에 연락을 하는 것으로
해놓았다. 주혁도 일정이 있었으니까.

오드아이.

활용하기에 따라서는 엄청난 효용가치가 있는 인물이다.
보스의 최측근이고 언제든 보스를 만날 수 있는 인물이었으
니까. 게다가 그를 이용하면 보스를 유인하는 것도 가능할 것
이다.

잘하면 이번 일을 계기로 모든 상황이 끝날 수도 있다. 내부의 첩자야말로 가장 위험한 존재가 아니던가.

그러니 측근 중에서도 가장 가까운 측근이라고 할 수 있는 오드아이를 첩자로 심을 수 있으면 게임은 끝난 거나 마찬가지였다.

주혁은 알아낼 정보를 하나하나 체크했다.

보스의 정체가 1순위였다. 보스에 대해서는 모든 것이 베일에 가려져 있었다. 이름이나 외모에 관한 정보가 하나도 없었다. 그러니 그 정보를 알아내는 게 우선이었다.

방법이야 많았다.

사진 같은 게 있으면 가져오라고 해도 되고, 아니면 찍어오라고 시킬 수도 있을 것 같았다. 보스가 그런 것도 막아놓았을 수 있지만 일단 해보기로 했다. 그리고 그런 정도까지는 해놓지 않았을 것 같았다.

"도대체 어떻게 생겼을까?"

실제 나이보다는 훨씬 젊어 보일 것이다. 어쩌면 외모로는 자신과 나이 차가 거의 나지 않을 수도 있었다. 그리고 보니 알란의 모습도 본 적이 없다는 생각이 들었다.

알란은 정말 어떻게 생겼는지 보고 싶었다. 왠지 친근한 느낌이 들었고, 자신에게 많은 것을 해준 사람이기도 했으니까. 그리고 보스의 외모를 확인하는 데도 도움이 될 것 같았다.

부모와 자식 관계이니 분명히 비슷한 부분이 있을 테니까.

아마 조만간 확인할 수 있을 것이다. 오드아이를 통하면 그 정도 정보를 알아내는 건 일도 아닐 테니까.

주혁은 보스의 정체와 관련된 생각은 일단 마무리하고는 다른 정보에 대해서도 체크했다.

그다음은 보스가 있는 곳이나 일정을 알아내는 게 좋겠다고 생각했다. 그건 대단히 중요한 정보였다.

아무리 생각해도 햄튼에는 없는 것 같았다. 밖으로 움직이는 사람들은 모두 체크하고 있었는데, 보스라고 생각되는 자가 없었다.

공간 이동의 능력이 있거나 셰도우와 같이 사람들의 눈에 보이지 않는 능력이 있다면야 햄튼의 저택을 감시하는 게 무용지물이겠지만, 그런 것 같지는 않았다. 누가 자기 집에서 나가는데 몰래 숨어서 나가겠는가.

"감시를 하고 있다는 걸 알고 있다면 모를까, 그렇지 않다면 굳이 집에서 나갈 때 능력을 사용하지는 않을 거야."

셰도우가 저택을 드나들 때는 능력을 사용하지 않는 것만 보아도 알 수 있지 않은가. 그리고 보스가 있는 장소에는 상자가 있을 가능성이 높았다. 다른 장소에 숨겨두었을 수도 있지만, 주혁은 보스가 지내는 곳에 상자를 두었을 가능성이 높다고 생각했다.

그리고 일정. 상대가 어떻게 움직일 거라는 걸 미리 알 수 있다면 엄청나게 유리하다. 함정을 파놓을 수도 있고, 기습을 할 수도 있다. 물론 주혁은 물리적인 방법보다는 상자를 탈취해서 끝내는 걸 생각하고 있기는 했지만.

"상자가 있는 곳을 알 수 있으면 정말 좋을 텐데."

상자가 있는 장소만 알아내면 상자를 빼내는 건 얼마든지 가능하다. 제아무리 방비가 튼튼하다고 해도 계속해서 시도를 하면 방법을 찾을 수 있을 테니까. 위치를 확인하게 되면 주혁은 곧바로 동전을 사용할 생각이었다.

"하지만 보스가 다른 사람에게 그런 정보를 알려주지는 않았을 테지."

누구에게도 알려주지 않았을 것이다. 다른 자들의 기억을 보면, 상자에 대한 언급 자체를 하지 않은 것으로 보였다. 자신도 마찬가지 아닌가. 상자에 대한 정보는 누구에게도 말하지 않았다.

그래도 무언가 단서라도 얻을 수 있을지 모른다. 보스가 있는 장소가 아니라면 자주 가는 장소 중에 상자가 있을 가능성이 높았으니까.

"아니야. 굳이 그럴 필요가 없을 수도 있겠어."

생각을 하다 보니 주변을 통해 캐내는 것 말고도 다른 방법도 있었다. 보스에게서 직접 확인을 하면 되는 거였다. 보스가 누구인지 확인하고 일정을 알아내면 직접 마주쳐서 그의 기억을 엿볼 수도 있을 테니까.

물론 쉽지 않을 수도 있다. 보스는 지금까지 상대해 왔던 자들과는 차원이 다른 상대였으니까. 하지만 확실한 건 해봐야 아는 법. 쉽지 않더라도 그것이 가장 확실한 방법인 이상, 확인만 되면 반드시 시도할 작정이었다. 그리고 성공한다면 바로 게임은 끝난다.

"이야, 정말 모든 걸 끝낼 수도 있겠는데?"

이제 상황이 점점 마지막을 향해 가고 있다는 생각이 들었다. 보스와는 어떻게든 결말을 내야 하는 사이. 둘이 공존하는 방법은 없다. 누군가가 상자를 모두 차지해야 끝날 싸움이었다. 주혁이 가만히 있더라도 보스가 절대로 주혁을 내버려두지는 않을 테니까.

그러니 상자가 어디 있는지 알아내고, 자신이 모두 차지해서 빨리 이 상황을 끝내고 싶었다. 그러면 다른 것에는 신경쓰지 않고 자신이 하고 싶은 일에만 전념할 수 있을 것이다.

그 열쇠가 오드아이였고, 조만간 모든 것이 끝날 것처럼 생각되었다. 하지만 약간 염려스러운 점은 있었다.

"그런데 내가 조작을 한 걸 보스는 모를까?"

가장 우려되는 건 기껏 오드아이의 정신을 조작했는데, 보스가 바로 알아차리는 거였다. 그러면 지금까지 생각했던 모든 게 허사로 돌아간다. 그리고 그럴 가능성도 있었다.

지금 자신과 보스는 엇비슷한 정도라고 생각되었다. 그러니 자신이 보스가 봉인해 놓은 기억을 알 수 있다면, 보스도 자신이 해놓은 걸 눈치챌 수도 있었다. 주혁은 로저 페이튼의 머릿속을 보았을 때 검은 덩어리가 있는 걸 본 게 생각났다.

물론 자신의 능력과는 조금 다르다. 보스는 자신의 기운을 상대의 몸속에 심는 방식이었다. 그래서 더 눈에 잘 보였다. 하지만 주혁은 기운을 상대의 몸속에 남겨놓지는 않았다. 하지만 아무래도 흔적은 남을 터.

"눈치채지 못했으면 좋겠는데."

머릿속을 보지 않는다면 쉽게 눈치채지 못할 것이다. 그리고 측근의 머릿속을 그리 자주 들여다보지는 않을 것 같았다.

주혁은 이번에 오드아이가 오면 보스가 측근의 머릿속을 확인하는지도 한번 봐야겠다고 생각했다.

자주 들여다본다면 큰 효과가 없으니 하지 않는 편이 좋을 것이고, 그렇지 않다면 다소 위험이 있더라도 시도를 해볼 작정이었다. 정보를 얻어낼 수만 있다면 자신의 능력을 들켜도 상관없었다.

"들키지 않으면 좋고, 들켜도 뭐 내가 크게 손해 보는 건 없으니까."

그렇게 하나둘 생각을 정리하다 보니 밑그림이 모두 그려졌다. 오드아이의 정신을 조작해서 그가 어떤 행동을 하게 만들지 모두 생각해 두었다. 이제 오드아이가 오기만 하면 된다.

"이제 겨우 한 시간이 지난 건가?"

생각을 하느라 시간이 많이 흐른 줄 알았는데, 이제 겨우 한 시간이 흘렀을 뿐이었다. 주혁은 오드아이 일당이 사라진 방향을 훑어보았다. 하지만 오드아이는 아직 모습을 보이지 않고 있었다.

워낙 평야가 넓게 펼쳐져 있어서 멀리서 오더라도 불빛을 알아볼 수 있었는데, 아직은 온통 암흑뿐이었다.

텍사스의 황량한 벌판에서 누군가를 기다린다는 건 무척이나 무료한 일이었다. 그나마 곁에 미래가 있어서 그 무료함이 조금 덜하기는 했지만, 그래도 언제 올지 모르는 사람을 기다리는 건 무척이나 지루했다.

생각해 보니 이렇게 아무도 없는 곳에서 시간을 보낸 적이 있었나 싶었다. 항상 누군가와 일을 하면서 시간을 보냈지, 이런 식으로 혼자 남겨져 있었던 경우는 거의 없었던 것 같았다. 그래서 상자에게 말을 걸었다.

[이봐, 얘기 좀 하지.]

[요즘은 말을 자주 거는군그래. 몇 달 동안 한 번도 이야기를 안 한 적도 있었는데 말이지.]

사실이 그랬다. 한동안 영화 촬영에 바쁠 때는 통 이야기를 한 적이 없기도 했다. 주혁은 문득 자신이 필요할 때만 상자를 찾는 게 아닌가 하는 생각이 들었다.

[그건 좀 미안하긴 하군.]

[아니, 그럴 필요까지는 없다. 자네 눈을 통해서 구경을 하는 것도 무척 흥미로웠으니까.]

둘은 언제가 가장 재미있었느냐와 같은 소소한 이야기를 잠시 나누었는데, 진짜 편한 친구와 대화를 하는 기분이었다.

그러다가 주혁이 묻고 싶은 내용을 질문했다.

[저번에 평행 우주를 계속해서 돌아다녔다고 했지?]

[그렇다. 정확한 숫자를 이야기할 수는 없지만, 꽤 많이 돌아다녔다고 봐야겠지.]

[그게 다 똑같은 세상인가?]

솔직한 말로 평행 우주와 같은 이론에 대해서는 잘 모른다. 그저 그런 게 있다는 정도만 알고 있다. 그리고 실제로는 믿지 않았다. 소설이나 영화에 나오는 황당하지만 그럴듯한 이야기라고 생각하고 있었다.

하지만 믿을 수밖에 없었다. 그 세계를 돌아다닌 장본인이 있었으니까. 만약 어떤 사람이 이런 말을 했다면 믿지 않았을 것이다. 세상에 이런 식으로 이상한 이야기를 하는 사람이 어디 한둘이던가.

그런 이야기에 현혹되면 신세를 망치기 십상이다. 사이비 종교도 약간 그런 성향이 있지 않은가.

주혁은 예전에 사이비 종교 팸플릿에 교주가 한국으로 향하는 태풍을 여러 개 밀어냈다는 내용을 본 게 기억이 났다.

사실 평행 우주를 여행했다는 이야기도 그런 이야기와 다를 바 없었다. 하지만 누가 이야기를 하느냐에 따라서 이야기의 무게가 달라진다.

[거의 비슷하다고 보면 된다. 완전히 똑같은 세계도 있고, 차이가 엄청난 세계도 있지.]

주혁은 잘 이해가 되지 않았다. 우주만 해도 그 넓이가 얼마나 되는지 모를 정도인데, 그런 게 수도 없이 많이 존재한다니 쉽사리 믿어지지가 않았다.

[감이 오질 않는 모양이군. 어디 보자…….]

상자는 잠시 생각을 하더니 예를 들었다.

[분자와 원자에 대해서 배운 적이 있지?]

[예전이기는 하지만 배웠지.]

[이 태양계를 분자라고 생각하면 된다. 원자 하나를 우주라고 생각해도 되고.]

설명을 들었지만 확실하게 느낌이 오지는 않았다. 똑같은 우주가 수도 없이 많이 있는 그런 모습이 떠오르긴 했는데, 알 듯 말 듯한 느낌이었다.

그러자 상자는 다른 예를 들었다.

[가끔 미래에서 왔다고 하는 사람들이 있지?]

미래에서 온 사람의 예언이라고 하면서 가끔 인터넷을 뜨겁게 달구는 경우가 있다. 하지만 과거의 일은 다 잘 맞는데, 미래의 일은 잘 맞지 않아서 속임수라는 말들이 많았다.

[대부분은 누군가의 장난일 거야. 하지만 개중에는 진짜 시간 여행자가 있을 수도 있지.]

상자는 시간 여행이라도 자신의 우주가 아닌 다른 평행 우주로 이동을 하면 그런 경우가 생길 수 있다고 이야기했다.

이야기를 듣고 나니 주혁도 그럴법하다고 느껴졌다.

[그러니까 그 사람은 자신이 사는 세계의 과거로 왔다고 믿는 거로군.]

[그렇지. 자신이 살던 세계와 완전히 같거나 거의 흡사하니 그렇게 생각할 수밖에.]

그렇게 이야기를 하니 확실히 감이 왔다. 거의 흡사한 세계. 하지만 약간의 차이가 있는 그런 세상에 대한 개념이 조금은 잡힐 것 같았다.

[완벽하게 같은 우주가 있을 수도 있지. 하지만 대부분은 약간이라도 차이가 있어.]

[그래서 예언 중에 틀린 게 있는 거라는 거로군.]

[그래, 바로 그거야. 그가 온 세계에서는 그런 일이 일어났

지만, 다른 세계에서는 그러지 않을 수도 있는 것이니까.]

미래에서 온 사람은 자신이 알고 있는 걸 말한 것이고, 실제로도 그 세계에서는 그렇게 흘러간 것이다. 하지만 평행 우주기 때문에 역사가 완벽하게 똑같지 않아서 예언 중에 틀린게 나온다는 거였다.

[하긴 그렇겠어. 거의 비슷하니까 똑같은 세계라고 생각하고 그런 이야기를 했겠지. 만약 자신이 아는 것과 완전히 다른 게 있으면 아예 이야기를 하지 않았을 것이고.]

[물론이다. 완전히 다른 걸 알게 되면 자신이 과거가 아닌 다른 평행 우주로 이동한 걸 알게 되겠지. 그러면 예언 같은 건 하지 않을 테고 말이야.]

그런데 주혁은 궁금한 게 있었다. 정말로 시간 여행이 가능한지에 대한 거였다. 상자는 가능하다고 대답했다.

[가능하지. 내가 있는 곳에서는 그다지 신기한 일도 아니다.]

하기야 상자의 능력만 보아도 얼마나 대단한가. 나온 숫자만큼 하루를 반복하게 한다는 건 정말 시간을 마음대로 주물럭거린다는 것처럼 보였다. 그 정도 기술력을 가진 존재라면 당연히 시간 여행도 가능할 것 같았다.

[그런데 만약 평행 우주로 이동해서 자기 자신을 만나게 되면 어떻게 되는 거지? 도플갱어를 본 사람은 죽는다던데.]

[전혀 다른 세계이니 큰 상관은 없지. 하지만……]

[하지만 뭐?]

[이동하는 방법에는 여러 가지가 있지.]

상자는 여러 가지 이야기를 해주었다. 주혁은 신비로운 이야기에 흠뻑 빠져들었다. 상자는 도플갱어도 평행 우주의 여행자인 경우가 있었을 것이라고 이야기했다.

[아예 그 세계에 있는 자신과 합쳐지는 방법도 있지.]

[합쳐진다고?]

[그래. 설명하기는 어렵지만 가능은 하다. 하지만 무척이나 어려운 방법이지.]

주혁은 상자의 이야기를 들으면 들을수록 미궁에 빠지는 것 같은 느낌이 들었다. 하지만 이런 신비로운 세상의 비밀에 대해서 알고 싶다는 생각도 들었다.

＊　　　＊　　　＊

작은 불빛을 발견한 건 상자와의 이야기가 한창일 때였다. 평행 우주와 관련된 난해한 이야기를 하느라 약간은 몽환적인 기분이 들었었는데, 멀리서 보이는 아주 작은 불빛으로 인해서 다시 현실로 돌아올 수 있었다.

오드아이가 아닐 수도 있었다. 우연히 이곳을 지나가는 자동차나 트럭의 헤드라이트일 수도 있었으니까.

하지만 그렇다고 그냥 넋 놓고 있을 수는 없는 일. 오드아이가 오는 것을 대비해야 했다.

오드아이의 사정이 어떤지 모르고, 주혁도 시간이 넉넉한 건 아니라서 가능한 한 빨리 작업을 마무리할 필요가 있었다.

[오드아이가 오고 있는 건지도 모르겠어.]

[그런가? 그러면 오늘 이야기는 여기까지 해야겠군.]

[오드아이가 맞는다면 그래야겠지.]

주혁은 점점 가까이 다가오는 불빛을 지켜보았다.

불빛이 커지는 데는 그리 오랜 시간이 걸리지 않았다. 그리고 불빛이 꼬마전구만 하게 되었을 때, 주혁은 오드아이가 아닐 수도 있다는 걸 직감했다. 아까 오드아이 일당이 타고 갔던 차가 아니었기 때문이었다.

어딘가로 향하는 여행자일 수도 있고, 집으로 돌아오는 사람일 수도 있었다. 전혀 예상치도 못한 사연이 있을 수도 있었고. 아직 해도 뜨지 않은 시각에 외진 장소를 달리는 자동차에 남모를 사연이 있는 게 이상한 일은 아니지 않은가.

승용차는 날카로운 굉음을 내면서 주혁의 곁을 스쳐 지나갔다. 그리고 주혁은 또다시 혼자가 되었다. 시계의 날카로운 바늘은 이제 네 시간이 지났음을 가리키고 있었다.

결국, 오드아이는 오지 않았다.

"떠나야 할 시간이군."

아마도 일당과 함께 움직이다 보니 다시 돌아오기가 어려 웠던 모양이었다.

주혁은 잠시 텅 빈 하늘을 바라보았다. 낯선 곳에서 혼자 있는 것. 아주 잠깐은 괜찮을지 몰라도 익숙해지기는 싫은 느 낌이었다.

외롭고 쓸쓸한 감정을 좋아하는 사람이 있을지도 모르겠 지만, 적어도 주혁에게는 해당되지 않는 말이었다. 하늘에는 반달이 덩그러니 떠 있었고, 반짝이는 별들이 촘촘히 박혀 있 었다.

잠시 생각에 잠겨 있던 주혁은 자동차 시동을 걸었다.

주혁은 대자연에 파묻혀 있다가 다시 현실로 돌아왔다. 그 리고 차를 몰고 공항으로 향했다.

"아니, 도대체 어딜 다녀온 거예요?"

브라질에 도착한 주혁을 맞이한 건 장백이었는데, 아주 황 당하다는 표정이었다. 어디로 가는지 정도는 알려주고 가야 하는 것 아니냐며 다그쳤는데, 주혁은 이런 게 사람이 사는 거구나 싶었다. 그런 말이 짜증스럽지 않고 오히려 정겨웠다.

텍사스에서 혼자 있었던 후로 지금까지 계속해서 혼자라 는 느낌이 들었었는데, 장백의 말을 듣고 나니 자신이 사람들

속에 있다는 걸 느끼게 되어서였다.

주혁은 웃으면서 장백의 어깨를 두드렸다.

"그럴 일이 좀 있었어."

"아니, 그러니까 그럴 일이 뭐냐고요. 그리고 안 데리고 간 거는 그럴 수도 있지만 말이죠. 행선지는 제대로 알려주고……. 저기요, 어우."

주혁은 말을 하고는 곧바로 움직였는데, 장백은 그런 주혁을 보지 못하고 푸념을 늘어놓고 있었다. 그러다가 뒤늦게 주혁이 저만치 앞서 가는 것을 발견하고는 투덜거리면서 황급히 따라갔다.

그러고는 다시 주혁의 옆으로 와서 어떻게 그럴 수 있느냐며 떠들었다. 갑자기 사라져서 걱정을 한 모양이었다.

"다시는 그러지 않을 테니까 너무 그러지 말라고."

"예, 예, 그러시겠죠."

장백은 상당히 삐친 듯 툴툴거렸다.

주혁은 이런 게 다 자신을 생각해서 그런 것이라는 생각이 들어서 기분이 흐뭇했다. 그리고 다시 일상으로 돌아와서 평소처럼 행동했다.

'역시 이런 게 나에게는 더 어울리는 것 같아.'

주혁은 상자를 가지고 권력을 휘두르는 보스를 이해할 수 없었다. 그런 게 뭐라고 거기에 집착을 한단 말인가. 내가 하고 싶은 일을 하면서 즐겁게 지내는 것이 훨씬 의미 있고 기분 좋은 일일 텐데 말이다.

그래서 더욱 이 상황을 빨리 마무리했으면 좋겠다고 생각했다. 그래야 아무런 걱정 없이 자신이 하고자 하는 일에만 전념할 수 있을 테니까.

'그러고 보면 조금 아쉽기는 하네. 거기서 오드아이를 만났으면 일을 훨씬 빨리 마무리 지을 수 있었는데.'

주혁은 그냥 때가 아직 무르익지 않아서 그런 거라고 생각하기로 했다. 억지로 밀어붙인다고 되는 일은 없다. 그렇게 진행하면 되는 듯 보이지만 꼭 다른 곳에서 문제가 생기게 마련이다.

"이제는 기다리는 수밖에는 없네."

오드아이가 연락을 해올 것이다. 하지만 언제 연락을 할지는 모른다. 상황을 보아 연락을 하도록 했으니까. 지금 당장일 수도 있지만, 며칠 뒤나 그보다 훨씬 뒤에 연락이 올 수도 있다.

"예? 뭘 기다려요?"

장백이 주혁이 중얼거리는 걸 듣고는 물었다. 그러더니 눈이 가자미눈이 되어 주혁을 쳐다보았다.

"혹시 여잡니까?"

갑자기 사라지더니 밤을 새우고 와서 한다는 말이 기다린

단다. 장백의 상식으로 이런 경우는 딱 한 가지밖에 없다.

주혁은 절대 아니라고 강하게 부인했지만, 그럴수록 장백의 의심은 커져만 갔다.

"저 믿으시죠? 절대로 얘기하지 않을 테니까 털어놓으세요. 남들은 몰라도 저는 알고 있어야죠."

"그런 거 아니라니까. 내가 만나는 여자가 어디 있다고."

"그러니까 이상한 거죠. 형님 나이도 그렇고 누굴 만나도 이상하지 않은 상황 아닙니까."

사실 조금 이상하게 생각하는 사람들도 있었다. 혹시나 게이가 아닐까 추측하는 사람도 있었다. 주혁이 데뷔 초부터 지금까지 여자 문제로 구설수에 오른 적이 한 번도 없었기 때문이었다.

사실 수많은 여자들이 대시하고 있었다. 배우나 모델은 물론이고 엄청난 미녀들이 주혁에게 호감을 보이고 먼저 다가왔다. 하지만 주혁은 특별한 반응을 보이지 않았다.

그나마 용 엄마라고 불리는 리리아 카르타 정도가 친분이 있는 여자였다. 하지만 다른 사람이 보기에도 둘이 연인 관계로는 보이지 않았다. 한때 파파라치가 주혁의 주변을 맴돌기도 했는데, 대부분 포기했다. 건질 게 없어서였다.

파파라치는 기본적으로 돈이 될 만한 사진을 찍는 걸 목적으로 한다. 그러니 무언가 문젯거리를 일으키거나 사고를 치는 스타를 더 좋아한다. 그런 게 돈이 되니까.

하지만 주혁은 그런 점에서는 상당히 깨끗했다.

술을 즐기는 것도 아니고, 여자관계가 복잡한 것도 아니었다.

아니, 복잡한 게 아니라 아예 없었다. 그러니 주혁에게 시간을 쓰다가는 굶어 죽게 생겼다. 그래서 차라리 다른 스타를 노리는 게 낫겠다고 생각하고는 모두 떨어져 나갔다.

지금도 가끔 그래도 뭔가 있으려니 하고 달라붙는 자들이 있었지만, 주혁은 신경 쓰지 않았다. 저러다가 곧 떨어져 나갈 거라는 걸 잘 알기 때문이었다.

주혁은 텍사스에서 잠깐 있었던 시간이 굉장히 큰 깨달음을 주었다는 걸 알았다. 일상이 소중한 것이었다는 게 새록새록 느껴졌다. 마치 공기를 마시는 것처럼 당연하게 생각했던 것이 사실은 굉장히 귀하고 중요한 것이었다는 걸 알게 된 것이다.

그리고 늘 같이 있어서 크게 느낌이 없었던 사람들도 모두 전보다 훨씬 의미 있게 느껴졌다. 기재원 대표나 장백이도 그랬고, 같이 투어를 다니는 모든 사람이 그랬다. 그래서 그들을 볼 때마다 저절로 부드러운 미소가 그려졌다.

하지만 삶이란 게 다 그렇듯 항상 그런 건 아니었다.

"자네 혹시 여자 생겼나?"

기재원 대표가 주혁에게 오더니 손으로 입을 가리고는 슬그머니 물었다. 아마도 장백이가 무슨 이야기를 해서 그러는 것일 터이다.

　"여자는요. 저도 여자 좋아하기는 하는데요, 지금은 없어요."

　"그래? 장백이가 좀 이상하다고 하던데. 갑자기 나가서 밤새 다른 데 있다가 오기도 하고 그랬다고……."

　역시나 장백이였다.

　주혁은 차분하게 그런 게 아니라고 이야기했다. 하지만 상자와 오드아이와 같은 내용을 말할 수 없으니 무척이나 구차한 변명처럼 들렸다.

　그래서인지 주혁의 말을 듣는 기재원 대표의 표정도 어쩐지 이상하게 보였다.

　"대표님, 저 아시죠? 그런 일 있으면 제가 속이고 그럴 사람 아닌 거 잘 아시잖아요."

　"뭐, 그렇기는 하지."

　주혁은 기재원 대표와의 이야기를 마치고는 아무래도 장백이가 요즘 많이 풀어졌다는 생각이 들었다. 그래서 친분을 다지는 시간을 가질 필요가 있다고 판단했다.

　"대련이라도 좀 해야겠어."

　주혁은 어깨를 돌리면서 숙소를 향해 걸어갔다. 그리고 주혁과 장백은 아주 가깝고 친밀한 관계가 유지되는 시간을 가질 수 있었다. 다소 거친 숨소리와 비명 소리가 함께하기는 했지만.

*　　*　　*

투어를 마치고 서울에 돌아올 때까지 오드아이에게서는 연락이 없었다. 아마도 보스의 감시가 심한 모양이었다. 임무에 실패해서 그런 것일 수도 있었고. 그래서 주혁은 느긋하게 기다리기로 했다.

조급하게 생각해 봐야 일이 해결되지는 않는다. 그러니 오드아이의 일은 잠시 잊고 지금 해야 할 일에 충실하기로 했다.

그리고 그 결과가 하나둘 나타나기 시작했다.

"드디어 완성이군요."

"이거 현장에 가면 조금 달라질 수도 있다는 거 아시죠?"

"그 정도는 들어서 알고 있습니다."

시나리오가 완성되었다. 서준 작가와 주혁의 공동 작품이라고 할 수 있었는데, 사실 둘이 작업을 하다 보면 잘되는 경우보다는 문제가 생기는 경우가 더 많았다.

하지만 서준 작가와 주혁은 손발이 잘 맞았다. 그리고 시너지 효과도 확실했다. 서준 작가의 의욕과 재기발랄한 능력이 주혁의 경험과 안목을 만나서 활짝 꽃을 피웠다.

"저 혼자 썼으면 이렇게 잘 빠지지는 않았을 것 같네요. 정말 많이 배웠습니다."

"무슨 얘기를 그렇게 하세요. 작가님 아니었으면 시작하지도 못했을 작품인데요. 제가 좀 거들기는 했지만, 작가님 역량이 훨씬 컸습니다."

서준 작가는 영화가 개봉하고 나면 프러포즈를 할 거라면서 활짝 웃었다. 그의 애인인 박현미의 집에서도 전과는 다른 반응을 보였다. 전에는 절대로 안 된다며 펄쩍 뛰던 현미의 부모가 조금은 태도가 누그러진 것이다.

하지만 아직도 의심의 눈초리를 보내고 있었다. 아무런 이력도 없던 사람이 갑자기 할리우드 영화의 시나리오를 쓴다고 하니 쉽게 믿어지겠는가. 그래도 혹시나 하는 마음이 있었는지 어디 한번 보자는 식으로 결론을 내린 것 같았다.

"저 장가가려면 이번 영화가 잘되어야 합니다."

"걱정하지 마세요. 충분히 가능성이 있으니까요."

흥행이란 장담할 수 없는 것이다. 얼마 전에 끝난 '해를 품을 달'만 보아도 그렇다. 중박이면 다행이라는 평이 많았다. 주연배우도 약하고 비슷한 풍의 드라마도 많아서 큰 인기를 끌기 어려울 것이라는 평이 있었다.

하지만 마지막 회에 50%를 넘으면서 대박 드라마가 되었다. 반대로 흥행을 자신했다가 참패를 하는 경우도 흔하게 볼 수 있다. 그러니 흥행이란 건 쉽사리 장담할 수 없는 것이다. 하지만 주혁은 어느 정도 자신이 있었다.

시나리오를 보면서 가슴이 두근거렸다.

보통 자신이 작업하거나 관여한 작품을 보고 가슴이 뛰는 경우는 거의 없다. 오히려 여러 번 보아서 나중에는 무감각해지는 경우가 대부분이다.

하지만 이번 작품은 달랐다.

확실히 매력적이고 힘이 있었다. 전체적인 분위기는 유쾌하고 즐거웠지만, 중간에 각자의 애절한 사연이 녹아 있었다. 그리고 마지막에는 감동도 느낄 수 있었다.

"장가갈 수 있을 겁니다."

주혁은 부럽다는 말을 하면서 웃었다.

그리고 시나리오가 완성된 그날, 정말 오랜만에 지아와의 약속이 있었다.

주혁은 방송국 근처의 카페에 먼저 도착해서 기다리고 있었다. 칸막이가 되어 있는 곳이라 스타들도 자주 이용하는 카페였다.

"오빠, 미안. 내가 먼저 왔어야 하는 건데."

지아가 들어오면서 생긋 웃으면서 말했다. 역시나 느낌이 달랐다. 지아를 보고 있으면 다른 여자와는 다르다는 걸 알 수 있었다. 아니, 여자가 아니라 다른 사람들과는 다른 무언가가 있었다.

하지만 그것이 무엇인지는 확실하게 떠오르지 않았다. 하기야 그런 게 뭐 그리 중요하겠는가. 지금 이렇게 얼굴을 마주 보면서 이야기를 나눌 수 있다는 사실 자체가 중요했다.

그동안 지낸 이야기를 하면서 대화를 시작했는데, 이야기를 나누니 마음이 차분해지고 편안해졌다.

"그룹은 해체된 지 좀 됐어요. 요즘 애들이 워낙 잘하잖아요."

웃으면서 이야기를 하기는 했지만, 씁쓸한 기색은 감출 수가 없었다. 하기야 워낙 밝고 긍정적이라서 그렇지 여러모로 스트레스를 많이 받았을 것이다.

"요즘 하는 일은 좀 어때?"

"그냥 보조 MC 같은 거 하는데, 그냥 그래요."

상황이 썩 좋지는 않았다. 주혁이 보기에 프로그램 운이 조금 없는 것 같았다. 그래서 무언가 조언이나 도움을 주어야겠다고 생각하고 있는데, 갑자기 핸드폰이 울렸다. 저장되어 있지 않은 번호였다.

주혁은 순간 오드아이의 연락이라는 느낌이 들었다. 다른 전화일 수도 있었지만, 그런 느낌이 들었다. 논리적으로나 이성적으로는 설명할 수 없는 그런 느낌이었다.

"미안, 잠깐 전화 좀 하고."

"괜찮아요."

지아는 웃으면서 이야기했지만 주혁은 그녀가 상처를 받을까 마음이 쓰였다. 하지만 오드아이의 전화라면 받지 않을 수 없는 일. 그래서 누가 전화를 한 것인지 확인했다.

―저입니다. 오드아이.

"늦었군. 무슨 일이라도 있었던 건가?"

오드아이는 지금 주혁을 보스보다 상위의 존재로 인식하고 있었다. 물론 평소에는 그런 내색을 하지 않고 생활하고 있지만, 그의 잠재의식에는 주혁이 심어놓은 생각이 뿌리 깊이 박혀 있었다. 내색을 하지 않는 게 아니라 정말 모른다는 표현이 더 맞을지도 모르겠다.

쉽게 이야기하자면 최면과도 비슷한 거였다. 실제로 오드아이는 지금 통화를 하고 있지만, 통화가 끝나면 자신이 주혁에게 전화를 했다는 사실조차 잊어버릴 것이다. 물론 주혁이 사용한 능력은 최면보다는 훨씬 정교하고 세밀한 작업이었다.

―임무에 실패한 것 때문에 문제가 좀 있었습니다.

오드아이는 문책을 받아서 미처 연락을 할 수가 없었다고 이야기했다. 자세한 사정을 알 수 없었지만, 상당히 중한 처벌을 받은 모양이었다.

주혁은 어디에 갇혀 있기라도 한 게 아닌가 하고 생각했다.

과거 일이야 과거의 일이고 문제는 앞으로의 일을 어떻게 풀어가야 하냐는 점이다. 주혁은 오드아이를 만나서 제대로 작업을 해야겠다고 생각하고는 질문을 던졌다.

"만나려면 언제가 좋지? 보스의 의심을 받지 않고 접촉할 수 있는 날짜를 정해야 하는데 말이지."

─일주일 뒤가 좋겠습니다. 그때쯤 LA에 갈 일이 있습니다.

일주일 뒤. 그때 미국에 갈 예정은 없었지만, 어차피 신작 준비를 위해서 미국에 가긴 가야 했다. 그러니 겸사겸사 일정을 잡으면 될 듯했다.

주혁은 보스의 정체와 일정 등의 정보를 알고 싶었지만, 말로 하는 건 자제했다. 지금 그걸 알아내라고 이야기를 하는 건 위험할 수 있었다. 어설프게 움직이다가는 들킬 수도 있었으니까.

그러니 직접 만나서 작업을 하는 편이 안전했다. 그리고 지아를 너무 오래 기다리게 하는 것도 싫었다.

주혁은 만날 장소와 시간을 정한 후에 통화를 마쳤다.

"오래 기다렸지?"

얼굴 가득 미안함을 담고 이야기했지만, 지아는 부드럽게
웃으면서 고개를 저었다.

"아뇨, 괜찮아요."

둘은 다시 대화를 이어나갔다. 지금 하는 일 이야기, 그동
안 지낸 이야기로 둘 사이가 가득 채워졌다.

"하는 프로그램은 괜찮아?"

"시원찮아요."

지아가 보조 MC를 하고 있는 프로그램은 방송가 소식을
많이 아는 주혁도 들어본 적이 없었다. 시청률 같은 걸 찾아
보지는 않았지만, 얼마나 인기가 없는 프로그램인지 알 수 있
었다.

"거기도 게스트도 출연하고 그래?"

"그럼요. 게스트 없이 어떻게 프로그램을 끌고 나가겠어
요."

하지만 인기가 없는 방송이다 보니 나오는 게스트도 다 고
만고만하다고 했다.

"내가 한번 나가줄까?"

"예? 오빠가요?"

"그래. 그 정도도 못 해줄까."

사실 주혁은 지아와는 아주 모호한 사이였다. 확실하게 사
귀었다고 보기는 그랬고, 그렇다고 친한 친구 사이였다고 말

하기도 어려웠다. 썸과 연인의 중간 정도라고나 할까?

아무튼, 주혁은 친분을 생각해서라도 그 정도는 해줄 수 있었다.

"저 때문에 그런 거라면 그러지 않아도 돼요."

"대단한 것도 아니라니까. 내가 방송에 나가지 않는 신비 전략을 쓰는 사람도 아니고, 요즘은 시간도 빡빡하지 않으니까."

사실 주혁이 방송에 자주 나오는 편은 아니었다. 예전에는 정말 시간이 없어서 출연을 많이 하지 못했고, 요즘은 어지간한 곳에서는 부담스러워서 부르질 않았다.

주혁은 출연료도 받지 않고 우정 출연해 주겠다고 이야기했다.

지아는 무척이나 망설이는 눈치였다. 분명히 프로그램에는 도움이 될 것이다. 하지만 그녀는 주저하고 있었다.

주혁은 여전히 착해 빠졌다고 혀를 찼다. 지아는 방송 쪽에서 일을 하기에 적합하지 않았다. 이런 기회가 오면 당연히 적극적으로 움직여야 했다. 적어도 방송에서 일을 하는 사람이라면 그러는 게 맞았다.

호의를 베푸는 것인데 주저할 이유가 뭐가 있겠는가. 하지만 지아는 자신이 게스트를 추천해도 되는지, 혹시 주혁에게 무슨 구설수라도 생기는 건 아닐지 저어되어서 망설이는 거였다.

'하기야 그래서 더 마음에 드는 거긴 하지만.'

착하고 순수해서 세상을 살면서 손해만 볼 것 같은 이미지였다. 성공을 하려면 조금은 약삭빠른 면도 있어야 하는데, 지아는 그런 게 없었다. 그래서 더 도와주고 싶은 건지도 몰랐다.

"잠깐만요. PD 언니한테 연락 좀 해보고요."

지아는 망설이다가 한번 알아보겠다고 말했다.

주혁은 그저 웃기만 했다. 어떤 PD가 주혁이 방송에 나오겠다는데 거절하겠는가. 그것도 출연료도 받지 않고 우정 출연을 해주겠다는데.

그리고 이런 일이 아주 특별한 것도 아니었다. 아주 가끔이었지만, 친한 동료의 행사에 프로그램에 나간 적이 있었으니까. 이지언이 출연하는 패션쇼에 우정 출연을 한 적도 있었고, 지동훈 감독이 나오는 프로그램에 같이 출연하기도 했다.

주혁의 눈에는 밖에서 서성거리면서 통화를 하는 지아의 모습이 보였다. 그리고 그녀의 목소리도 작지만 들렸다.

"예, 언니. 게스트로 제가 한 명 추천해도 될까 해서요."

지아는 살짝 긴장하고 있었다. PD에게 이런 이야기를 한 것이 처음이었기 때문이었다. PD도 지아에게 적극적이지 않으면 이 바닥에서 버티기 힘들다고 늘 이야기를 해주었지만,

사람 성격이 어디 쉽게 바뀌는 것이던가.

―누군데?

"강주혁 씨요."

―강주혁? 영화배우 강주혁?

누군가가 볼륨을 갑자기 확 올린 것처럼 PD의 목소리가 갑자기 커졌다. 지아에게 보이지는 않지만, PD는 자리에 앉아서 전화를 받다가 자리에서 벌떡 일어서서 주변에 있는 사람들의 눈총을 한 몸에 받고 있었다.

"괜찮죠? 원래 이런 건 언니 권한이라는 건 아는데요……."

―괜찮지. 당연히 괜찮지. 강주혁이라니, 아니 그런 대박을……. 지아야, 혹시 너 지금 술 먹고 있는 거 아니지?

PD는 믿어지지 않았다. 주혁은 공중파에서도 모시기 어려운 유명 인사다. 예전에 지아와 드라마에 같이 출연했다는 이야기는 알고 있지만, 그거야 지금과는 비교도 할 수 없을 정도로 무명일 때의 이야기이다.

그리고 설사 친분이 있다고 해도, 방송에 게스트로 부를 만큼 친분이 있다고는 생각지 않았다. 만약 출연료도 받지 않고 우정 출연을 하는 거라는 말까지 들었더라면 더욱 믿지 않았을 것이다.

하지만 이내 상황은 정리되었다. 지아가 적극적이지 않아서 그렇지 헛소리를 할 사람은 아니었다.

지아와의 통화가 끝나자마자 PD는 긴급히 사람들을 불러 모았다.

"괜찮대요. PD언니가 연락 준다고 했어요."

"알았어. 자세한 건 회사로 연락해서 얘기하라고 하면 돼."

그래도 도움이 되었다는 생각에 기분은 좋았다. 그런데 갑자기 이야기를 하는 도중에 머리가 조금 아프기 시작했다. 전에 갑자기 머리가 아팠을 때보다는 훨씬 덜했지만, 비슷한 느낌이었다.

"오빠, 어디 아파요?"

"아니야, 괜찮아. 잠깐 머리가 좀 아픈 것뿐이야."

그때는 정말 죽을 것 같은 고통이었는데. 지금은 그 정도는 아니었다. 그래서 억지로 참으면서 대화를 했는데, 대화를 하면서 점점 통증이 사라졌다.

"오빠도 편두통 있어요? 나도 가끔 그럴 때 있는데."

주혁은 지아의 말에 피식 웃었다.

그렇게 계속해서 대화를 하니 마음도 편해졌고, 통증도 모두 사라졌다. 그리고 어쩐지 컨디션도 아주 좋아지는 느낌이 들었다.

                    *   *   *

　주혁은 미국으로 향하는 비행기 안에서 생각에 잠겨 있었
다.

　'아무래도 오드아이가 너무 늦게 연락을 한 게 걸린단 말
이야.'

　지아와 헤어지고 나서 갑자기 든 생각이었다. 아무리 보스
에게 문책을 받았다고 하더라도 그렇게 오래 연락을 하지 못
했다는 건 쉽게 납득하기 어려웠다. 솔직한 이야기로 무인도
에 갇혀 있거나, 창고 안에 묶여 있지 않은 이상 전화를 할 시
간도 없었겠는가.

　그런데 이상하게도 이야기를 할 때는 다른 생각만 들었다.
빨리 오드아이를 만나서 작업을 하고 보스에 대한 정보를 빼
내 오는 일. 그리고 보스를 유인해서 모든 상황을 끝내야겠다
는 생각만 들었던 것이다.

　'아무래도 머리에 무슨 문제가 있는 것 같아.'

　주혁은 상자와 한 이야기도 떠올랐다. 또다시 머리가 아픈
게 이상해서 상자와 대화를 나누었다. 하지만 상자도 잘 모르
겠다는 거였다. 이런 경우는 한 번도 없었다면서.

　상자도 주혁의 몸에서 벌어지는 모든 일을 아는 건 아니었
다. 그래서 주혁은 또다시 머리가 아플 수도 있겠다고 생각하

고 있었다.

'하지만 그 이후로는 한 번도 통증이 찾아온 경우는 없었지.'

다행인지는 모르겠지만, 그날만 통증을 느꼈다.

'혹시 지아가 말한 대로 편두통 같은 거였나?'

자신이 민감하게 반응하는 것일 수도 있다. 살다가 두통이 생기는 경우가 없는 건 아니었으니까. 그리고 예전에 겪었던 일의 트라우마로 인해서 그때의 느낌과 비슷하다고 착각을 할 수도 있다.

'쓸데없는 걱정이 많아진 건가? 아니면 정말 무슨 일이 잘못되어 가고 있는 건가?'

알 수가 없는 일이었다. 모든 일이 잘 풀리고, 이제 자신의 세상이 열릴 것이라는 생각이 드니 그만큼 공포감도 커졌다. 예전에는 잃을 것이 없어서 정말 대차게 행동하곤 했는데, 이제는 부쩍 소심해졌다는 느낌이 들었다.

'나답지 않게 왜 이러지?'

주혁은 피식 웃었다. 걱정하고 주저하고 이러는 건 주혁의 스타일이 아니었다.

주혁은 다시금 생각을 바로잡았다. 자신이 무엇을 원하는지, 그리고 앞으로 어떻게 해야 하는지를 명확하게 정리했다. 그러자 머릿속이 환해지고 맑아지는 걸 느꼈다.

일단 오드아이는 의심스럽다고 결론 내렸다. 그렇게 생각하는 게 당연했다. 그동안은 욕심이 눈을 가리고 있었던 것이다. 하지만 이제는 그런 장막이 걷혔다. 그리고 앞으로 나아갈 방향도 이제는 흔들리지 않을 것 같았다.

그리고 주혁의 그런 변화를 상자도 느꼈다.

[역시 내가 예상한 대로군. 하지만 시기가 너무 빠른데?]

상자는 주혁이 결국에는 자신을 바로잡을 것이라 생각은 했지만, 이렇게 빨리 그 시기가 올 줄은 몰랐다. 지금까지 보아왔던 상자의 소유자들 중에서도 이렇게 빠르게 극복한 경우는 처음이었다.

[그런데 머리에 다시 통증을 느끼다니. 그건 정말 이상한데?]

그럴 리가 없었다. 주혁이 통증을 느꼈을 때, 기운이 전해지거나 특별한 변화가 일어나지 않았으니까. 그 부분에 대해서는 상자도 연유를 알 수 없었다.

[아무튼, 재미있게 되겠군. 이런 상태라면 승부를 점칠 수 없겠어.]

보스와 주혁의 대결은 이제 정말 알 수 없게 되었다. 상자는 알란의 시야를 통해서 주혁이 극복하는 것까지 보았다. 하지만 시기는 지금이 아니었다. 지금보다는 더 뒤였다. 운명이 바뀐 것이다.

그래서 다행이라고 여겼다. 알란의 시야로 본 미래에서는 결국 주혁이 패해서 비참하게 죽어갔으니까. 하지만 이제는 그렇지 않으리라 생각했다.

[네가 이겼으면 좋겠다. 이제는 정말 친구 같다는 느낌마저 들어.]

상자는 주혁이 이기고 이번 여행이 마무리가 되었으면 좋겠다고 생각했다. 그동안 모든 여행이 희극으로 끝난 건 아니었다. 하지만 자신은 관여할 수 없다. 그저 볼 수만 있을 뿐이다.

[운명을 바꿀 수 있지. 그리고 바뀌가고 있다. 그러니 마지막에 쓰러져서 피 흘리는 그 모습이 재연되지 않기를…….]

그리고 주혁이 공항에서 나오는 모습을 멀리서 지켜보는 시선도 있었다. 무척 나이가 많아 보이는 노인이었는데 그윽한 시선으로 주혁을 바라보고 있었다.

"드디어 바뀌기 시작했군. 혹시나 바뀌지 않으면 어떻게 하나 싶었는데, 다행이야."

그는 푸른 눈을 가지고 있었지만, 한국어로 이야기했다.

"하지만 아직은 조심해야 해. 넘어야 할 고비가 아직 여럿 남아 있다."

그는 지금 미래를 볼까 고민했다. 하지만 그러지 않았다. 이제 단 한 번 사용할 수 있었다. 그러니 지금보다는 조금 더 나중에 사용해야겠다고 마음먹었다.

주혁은 반갑게 손을 흔들었다. 그가 바라보는 곳에는 제프리가 서 있었다.

주혁은 하늘에서 내리쬐는 강렬한 LA의 태양을 온몸으로 받으며 힘차게 걸어갔다. 오늘따라 유난히 강렬한 햇빛을 속을.

*   *   *

"그러면 4월 말부터 본격적인 촬영에 들어가는 것으로 생각하면 되는 건가? 생각보다는 약간 일정이 앞당겨지는군."

"그렇죠. 예상보다 진행 속도가 빨라서요."

원래는 5월 중순경부터 시작할 예정이었으니 보름 정도 빠른 셈이다. 한국에서는 전부터 준비를 하고 있었고 미국에서도 준비 중이긴 했는데, 이제부터는 본격적으로 움직여야 할 때가 되었다.

"그런데 감독이 문제군그래."

제프리의 말에 주혁도 한숨을 내쉬었다. 원래 생각하고 있었던 감독이 있었는데, 갑자기 사고가 나는 바람에 당분간은 일을 할 수 없게 되었다. 그래서 급히 후임을 알아보고는 있는데, 마땅히 눈에 차는 사람이 없어서 고민이었다.

주혁은 한국 감독을 쓸까도 생각했었지만, 언어나 제작 환경에 대한 이해 없이 바로 일을 하기는 어려웠다. 시간만 넉넉하다면야 충분히 알아보고 고를 수 있을 텐데, 시간은 얼마 남지 않았고 적임자는 보이지 않아서 상당히 난처한 상황이었다.

"자네가 하면 어때? 자네라면 문제가 없을 것 같은데."

"제가요?"

주혁은 생각해 본 적이 없는 일이라서 바로 대답하지는 못했다.

지금까지 주혁은 연기에만 집중하겠다고 생각하고 있었다. 정말 잘 맞는 역할이니 자신의 모든 것을 쏟아부어서 자신의 대표작으로 삼겠다는 마음가짐이었다. 그래서 연출은 감독의 일이고, 자신과는 상관없는 일이라고 여겼다.

하지만 제프리는 지금 상황에서 가장 좋은 선택은 주혁이 감독을 하는 것이라고 생각했다. 그래서 차분한 어조로 그가 생각하는 바를 설명했다.

"일단 자네 연출력은 충분히 증명되었지. 저번 작품에서 프로듀싱을 하면서 보여주었으니까. 내 생각에는 감독을 해도 문제가 될 건 없다고 보네."

그리고 이 작품을 가장 잘 아는 게 주혁이라는 점도 중요하다고 말했다.

"시간이 촉박하니 지금 당장 감독을 영입한다고 해도 문제라니까. 작품을 분석하고 연출 방향을 정하고 하려면 일정에 맞추기 빠듯할 거야."

게다가 감독의 스타일에 따라서 바뀌는 부분이 있을 수도 있는데, 그것에 따라서 일정이 많이 바뀔 수도 있었다. 그러니 외부에서 데려오는 것보다는 주혁이 하는 편이 좋겠다는 게 제프리의 생각이었다.

주혁도 이야기를 들어보니 자신이 하는 게 여러모로 좋겠다는 생각은 들었다. 지금 상황이 어떤지를 잘 아니 제프리의 판단이 정확하다는 걸 바로 알 수 있었다.

"감독은 처음이라서 조금 부담스러운데……."

말은 그렇게 했지만 사실 마음은 거의 결정된 후였다. 지금 상황에서 최선이 어떤 거라는 걸 누구보다 잘 아는 게 주혁이었다. 이 프로젝트를 처음부터 진두지휘한 것이 바로 그였으니까.

제프리는 그럴 것 없다면서 주혁에게 맡으라고 권했고, 주혁도 적임자가 마땅히 없으면 그러겠다고 이야기했다.

둘은 그 문제에 관해서 이야기를 더 나누었고, 며칠 내로 적임자가 나타나지 않으면 주혁이 맡는 것으로 결론지었다.

"자네 포커 잘하나? 할 줄 알면 저녁에 제작자들 모임이 있는데 같이 가지."

"포커요? 텍사스 홀덤이죠?"

"그래. 아는가 보구만."

"할 줄은 아는데, 오늘은 선약이 있어서요. 다음에는 저도 끼워주시죠."

제프리는 웃으면서 알겠다고 말했다. 친목 모임에는 여러 가지가 있었는데, 포커 모임도 그중 하나였다. 보통 텍사스 홀덤이라는 방식을 즐겼는데, 주혁도 어떻게 하는 것인지 알고는 있었다.

대부분 멤버 중 한 사람의 집에 모여서 즐기는데, 이런 모임이 상당히 많았다. 특별한 장비가 필요한 것도 아니고 서로 시간만 맞추면 되는 것이라서 그런 것이었고, 게임을 하는 동안 서로 이야기를 나누기도 좋아서 그런 거였다.

한국에서는 포커라고 하면 도박을 먼저 생각하겠지만, 외국에서는 포커를 일종의 두뇌 스포츠로 생각하고 있었다. 그래서 스포츠 채널인 ESPN에서 포커 대회를 중계방송하기도 했다. 물론 도박으로 하는 사람도 있겠지만, 그런 예외가 없는 일이 어디 있겠는가.

주혁도 이런 모임의 중요성을 알고 있다. 그래서 다음번에는 같이 이야기하는 시간을 가질 생각이었다.

하지만 오늘은 아니었다. 잠시 후에 오드아이를 만나기로 했기 때문이었다.

"그러면 저는 이만 가야겠네요. 내일 마저 이야기하죠."

"그러지. 다음 주에도 모임이 있으니까, 그때 시간이 되면 같이 하자고."

"알겠어요. 다음 주에는 꼭 참석하도록 하죠."

주혁은 인사를 하고는 지하로 내려와서 자신의 차에 올랐다. 그리고 약속된 장소를 향해 차를 몰았다.

주혁이 차를 가지고 간 장소는 LA의 외곽에 있는 허름한 창고였다.

사용한 지가 오래된 듯, 사람의 손길이 닿은 흔적은 전혀 보이지 않았다. 온통 먼지가 가득했고, 지저분한 쓰레기가 뒹굴고 있었다. 주혁은 오드아이가 오기를 기다렸다. 그리고 오드아이가 도착했을 때, 주혁은 자신의 모습을 보여주지 않았다.

기억이란 놈을 고치는 일은 무척이나 귀찮은 일이다. 안 그래도 작업할 것이 많아서 한 번에 모두 할 수 있을지 모르는 일인데, 굳이 일을 만들 필요는 없었다. 그래서 오드아이는 멍하니 창고 한가운데 서 있었고, 주혁은 오드아이의 뒤쪽에서 작업을 시작했다.

의심을 하지 않았다면, 다짜고짜 바로 작업에 들어갔을 것이다. 작업을 마치고 돌려보내서 한시라도 빨리 정보를 얻으려는 생각에서.

하지만 주혁은 정신을 집중해서 오드아이의 기억을 아주 자세하게 살폈다.

처음에는 어떤 흔적도 발견하지 못했다. 그래서 자신이 공연히 의심을 한 것이 아닌가 싶기도 했다.

하지만 계속해서 살피다 보니 무언가 부자연스러운 부분이 있다는 걸 알 수 있었다.

'기억이 조금 끊어지는 것 같은 느낌이 드는데?'

언뜻 보기에는 별다르게 이상한 것이 없었다. 하지만 자세히 살피니 기억의 흐름이 부자연스럽다는 게 보였다. 아주 세밀하게 살피지 않았으면 알 수 없을 정도로 미묘한 차이였다.

주혁은 자신이 작업한 내용도 살펴보았다.

'이런, 내가 한 것도 마찬가지잖아?'

주혁은 이 작업이 그렇게 만만한 게 아니라는 걸 깨달았다. 대충 보기에는 문제가 없어 보였지만, 자세히 뒤지니 어설픈 게 보였다. 하기야 기억을 조작하는 게 단순한 작업일 리 없었다. 전에는 세밀하게 보지 않아서 그런 게 보이지 않았던 거였다.

멀리서 보면 아무런 문제가 없어 보이는 그림인데, 가까이서 보면 이어 붙인 티가 나는 것과 마찬가지였다. 그리고 주혁이 발견한 어색한 부분은 오드아이가 임무에 실패하고 난 후의 기억이었다.

'보스가 눈치를 챈 거야. 그래서 역으로 함정을 판 거겠지.'

거의 확실했다. 그리고 자세히 살피니 보스의 기운으로 봉인된 덩어리가 예전보다 조금 많아진 것 같이 느껴졌다. 숫자를 정확하게 세어놓은 건 아니니 확실한 건 아니었지만, 직감적으로 느껴졌다. 그 덩어리 중에는 보스가 무언가 수를 쓴 것들이 있을 것이다.

주혁은 보스가 결코 자신의 아래가 아니라는 걸 확실하게 느꼈다. 하기야 자신보다 훨씬 먼저 상자를 얻은 자였다. 비록 자신이 빨리 성장했다고는 하지만, 그 역시 그 시간에 놀고 있지만은 않았을 것이다.

'앞섰다고 생각했는데, 비슷한 정도인가? 앞섰다고 해도 아주 약간일 테고.'

큰 차이가 없다는 생각이 드니 조금은 허탈한 생각마저 들었다. 이제는 자신이 절대적으로 유리하다고 생각했었는데, 그게 다 자만이었던 것 같았다. 그래도 지금이나마 그걸 깨달았으니 다행이었다.

주혁은 어떻게 하는 것이 최선인지를 생각했다. 그리고 아주 어려운 길을 선택했다. 일단 눈치를 채지 못한 것처럼 작업을 했다. 자세히 살피지 않는다면 모르겠지만, 이전에 작업을 한 것도 알아챈 보스가 이걸 모를 리 없었다.

'어차피 내가 아무런 짓도 하지 않았다고는 생각하지 않을

거야. 그러니까 저번과 비슷한 수준에서 작업을 한다.'

오드아이에게 보스의 신상과 일정과 관련된 정보를 보고하라는 내용을 심어놓았다. 하지만 그건 아무런 소용이 없을 것이다. 그런 걸 방비하는 장치를 해놓았을 테니까. 작업을 끝낸 주혁은 지금까지와는 다른 표정이 되었다.

'지금부터가 진짜다. 무의식의 가장 깊은 곳까지 들어가는 거야.'

인간의 의식 수준은 의식, 전의식, 무의식으로 나뉜다.

주혁이 전에 작업을 한 곳은 전의식과 무의식의 초입이었다. 하지만 이번에는 무의식의 가장 깊은 곳에 작업을 하려는 거였다.

깊은 곳으로 들어가면 갈수록 작업의 난이도도 높고 에너지도 많이 소모된다. 하지만 그건 상대도 마찬가지일 터. 그러니 보스의 정체를 제대로 파악하려면 이 방법밖에는 없었다.

'가능할까?'

알 수 없었다. 하지만 지금은 그런 건 머릿속에 떠올릴 필요가 없었다. 주혁은 무조건 한다는 생각만 머리에 남기고는 나머지 잡념은 모조리 지웠다. 그리고 자신의 목표에 끝없이 집중하고 몰두했다.

시간이 얼마나 지났는지는 신경 쓰지 않았다. 오로지 작업을 하는 것에만 몰입해 있었으니까. 다만, 몸에 이상이 있을 정도라는 건 알 수 있었다. 이미 무리라는 게 느껴졌으니까. 하지만 지금 멈출 수는 없었다. 완벽하게 마무리를 하려면 시간이 더 필요했다.

몸이 서서히 망가지는 느낌은 아주 기괴했다. 신경과 근육이 조금씩 뒤틀리고 끊어지려고 하는 감각은 사람을 미치게 만들었다.

차라리 강도가 센 고통이라도 빨리 왔다가 가면 오히려 참을 수 있겠는데, 이런 식으로 일정한 고통이 계속되는 건 정말 고문이었다.

너무나도 괴로워서 당장 하던 일을 멈추고 싶었지만, 이를 악물고 버텼다. 끝이 보이는데, 여기서 그만둘 수는 없었다. 이상한 벌레가 온몸을 물어뜯는 것 같은 괴로움이 계속되는 가운데서도 주혁은 정신을 놓지 않았다.

"커헉~"

숨이 끊어질 것 같은 시간이 지나고 드디어 작업을 마치자 주혁은 그 자리에 쓰러졌다.

쓰러진 그의 눈에는 밖으로 나가는 오드아이의 뒷모습이 보였다.

주혁은 희미하게 웃었다.

'작업은 제대로 된 모양이군.'

말을 할 기운도 없었다. 그리고 주혁의 코와 입에서는 피가 줄줄 흘러나오고 있었다. 그리고 정신을 잃었다.

주혁이 정신을 잃자 몸에서 서서히 빛이 새어 나오기 시작했다. 밝고 따스한 느낌의 빛이었다.

그리고 아주 조금씩 주혁의 몸은 회복되어 갔다. 주혁이 얻은 능력이 그의 몸을 고치고 있는 거였다.

[능력을 얻지 못했으면, 한동안 움직이지도 못할 뻔했군.]

상자는 오래 지나지 않아 주혁이 깨어나리라는 걸 알 수 있었다.

*   *   *

"이거 승부를 봐야겠는데? 올인."

브라이언이 가지고 있는 칩을 모두 밀어 넣었다.

"난 폴드."

다음 차례인 제프리는 패가 좋지 않은 듯, 가지고 있던 카드 두 장을 곧바로 앞으로 던졌다. 하지만 그다음 차례인 뚱보는 쉽사리 결정을 하지 못하고 있었다.

뚱보 다음 차례인 주혁도 마찬가지로 고민이었다. 자신이 가진 패는 킹이 두 장이었다. 카우보이라고도 부르는 아주 좋은 패였다. 하지만 문제는 브라이언이었다. 그는 심할 정도로 타이트한 플레이어였다. 쉽게 말해서 아주 안전하게 플레이를 하는 사람이었다.

자신이 절대적으로 유리하다고 생각하지 않으면 칩을 걸지 않았다. 그런데 그런 그가 패를 받자마자 올인을 했다. 그렇다는 건 굉장히 좋은 패를 가졌다는 거였다.

텍사스 홀덤은 처음에 플레이어가 각각 두 장의 카드를 받는다. 주혁이 받은 K 두 장도 굉장히 좋은 패였다. 하지만 가장 좋은 패는 아니었다.

'빅슬릭이면 바로 올인을 하지 않았을 거야.'

빅슬릭은 에이스와 킹, 두 장의 카드가 들어오는 걸 말하는 것으로 역시나 굉장히 좋은 패다. 하지만 브라이언의 성향으로 보아서 그것 가지고 올인을 하지는 않았을 것이다. 그렇다면 자신과 같은 KK이거나 AA를 잡았다는 소리.

하지만 그 뒤에 있는 남자는 고민을 하고 있다. 만약 그 남자가 AA를 잡았다면 바로 콜을 했을 터. 그렇다면 그 남자도 포기하기 어려운 패라는 말이다.

'KK나 AK를 잡았다고 봐야겠네.'

그 아래의 페어를 잡았을 수도 있었지만, 고민을 하는 폼이 그런 것 같지는 않았다. 상황을 정리한 주혁은 생각을 정리했다. 옆의 남자는 브라이언이 무슨 패를 가졌는지 캐내려고 은근히 이것저것 물어보았지만, 브라이언은 노련하게 정곡을 피해가며 대답했다.

"콜."

그 남자는 결국 칩을 모두 밀어 넣었다. 그리고 주혁은 바로 포기했다. 상대의 반응으로 보아 이번 판에서는 피하는 것이 좋다고 생각되어서였다. 역시나 주혁이 짐작한 대로였다. 브라이언은 AA, 옆의 남자는 KK를 들었다.

남자는 K가 나오라고 중얼거렸지만, 그럴 확률이 없다는 걸 주혁은 알고 있었다. 자신의 패도 KK였으니까. 카드 한 벌에서 K는 네 장. A가 나올 확률은 있었지만, K가 나올 확률은 없었다. 스트레이트라도 만들어지길 바라야겠지만, 바닥에 떨어진 패는 스트레이트와는 거리가 먼 숫자들이었다.

브라이언은 단숨에 칩이 가장 많은 사람이 되었고, 1등을 달리던 그 남자는 꼴찌로 전락했다. 인생도 그런 것 아니겠는가. 잘나간다고 방심하다가는 언제 고꾸라질지 모르는 일이다.

"잠시 실례 좀 하겠습니다."

"빨리 오라고. 그건 그렇고 브라이언, 요즘 신작 들어갔다면서?"

주혁은 진동을 느끼고는 전화를 받기 위해서 자리에서 일어섰고, 사람들은 웃으면서 요즘 사업 이야기나 자신이 알고 있는 정보를 이야기하기 시작했다.

주혁은 걸어가면서 전화를 받았고, 오드아이의 목소리가 들렸다.

―접니다, 오드아이.

오드아이는 의심을 피해서 자료를 준비하려면 시간이 좀 걸릴 것 같다고 하고는 준비가 되는 대로 연락을 하겠다고 덧붙였다.

"그렇군. 규석."

―채란.

주혁이 정한 일종의 암호였다. 자신이 무의식의 가장 밑바닥에 작업을 하고는 누군가가 그것을 건드리면 깨지게 해놓았다. 만약 그랬다면 암호를 대답하지 못했을 것이다. 주혁은 안심하면서도 아련한 기분이 들었다.

암호로 정한 것이 아버지의 이름과 어머니의 이름이었기 때문이었다.

주혁은 통화를 마치고도 잠시 그 자리에 가만히 서 있었다.

CHAPTER **74**
감독 데뷔

주혁은 미국에서의 일정을 마치고 다시 한국으로 돌아왔
다. 하지만 오래 머물 수는 없었다. 이제 한국에서 정비를 하
고 영화 제작 인력들과 함께 미국으로 다시 들어가야 했으니
까. 그러면 또 한동안 한국에 있는 사람들은 만나기 어려울
터.

　그래서 친척들과 친구들을 부지런히 만나고 다녔다. 어제
는 친가에 들렀는데, 아무래도 조금 서먹서먹한 게 있었다.
자주 연락도 하지 않았고 명절 때나 얼굴을 보였는데, 그나마
도 일 때문에 빠지는 경우가 있었으니까.

하지만 오늘은 전혀 다른 분위기에서 식사를 하고 있었다.

"괜찮겠니?"

외삼촌 오유석이 걱정이 된다는 듯 물어왔다. 주혁이 감독을 한다고 하니 불안했던 거였다. 아직 국내 언론에는 알리지 않았지만 주혁은 식사 자리에서 자신이 감독을 하게 되었다는 걸 이야기했다.

그랬더니 사방에서 우려의 목소리가 들렸다. 남자들이 망하는 몇 가지 케이스가 있는데, 그중 하나가 자신의 분야에 만족하지 못하고 다른 분야에 손을 대는 것이다.

"그래. 배우만 하지 뭐하러 감독까지 하려고 그래."

이종사촌 형인 이태주도 덩달아 나섰다. 연예계에서도 영화감독을 하다가 망한 경우가 몇 있으니 이렇게 걱정을 하는 것도 무리는 아니었다. 어떻게 보면 잔소리로 들릴 수도 있는 말이었지만 주혁은 이런 말이 정겹게 느껴졌다.

"제가 욕심을 내는 게 아니라 상황이 그렇게 되었어요."

주혁은 간단하게 상황을 이야기했다. 감독을 맡기로 했던 사람이 교통사고가 나서 그렇게 되었다고. 그리고 도와주는 사람이 많이 있어서 걱정하지 않아도 된다고 이야기했다. 그렇게 이야기하기는 했지만, 사실 주혁도 알게 모르게 부담감을 느끼고 있었다.

처음 하는 감독인데 아무렇지도 않을 수가 있겠는가. 그래서 스태프를 꾸리는 데 신경을 많이 쓰고 있었다. 아무래도 초짜 감독이니 부족한 점을 메꿔줄 경험이 풍부한 베테랑이 필요했다. 물론 영어도 어느 정도 할 줄 알아야 했고.

그렇게 국내에서는 자신과 손발을 맞춰본 사람들 중에서 적임자를 고르고 있었고, 미국의 스태프도 자신의 상황을 고려해서 선정하고 있었다.

"그래. 주혁이라면 알아서 잘하겠지."

외삼촌의 말을 끝으로 감독 이야기는 더 이상 언급하지 않게 되었다. 갑자기 대화가 중단되자 분위기가 어색해졌다.

주혁은 분위기도 돌릴 겸 해서 태주에게 질문을 던졌다.

"형은 좀 어때요?"

유석은 이미 정년퇴직을 하고는 집에서 텃밭을 가꾸면서 지내고 있었고, 태주는 언제 그만두어야 하는지 고민 중이었다.

"애들 결혼시킬 때까지는 다녀야 하는데……."

하지만 아무래도 그렇게 되기는 어려울 것 같다면서 한숨을 내쉬었다. 정년까지는 몇 년 남지 않아서 그런 거였다. 애들이 빨리 결혼한다면야 좋겠지만, 그럴 상황이 아니었다.

정훈이는 아직 졸업도 하지 못한 채 5학년을 다니고 있었고, 정한이는 군대에 가 있었다. 그러니 애들이 결혼을 하려면 아직도 멀었다고 보아야 했다.

"하긴 요즘은 20대에 결혼하는 사람 보기가 어렵더라고요."

갑자기 이야기가 취직과 결혼 이야기로 옮겨갔다. 편하게 이야기를 나누고 있었지만, 주혁은 위험한 공기를 감지하고 있었다. 이런 주제는 자신에게 별로 좋지 않은 거였으니까.

아니나 다를까. 화살이 주혁에게 돌아왔다.

"그건 그렇고, 넌 무슨 소식 없냐?"

주혁은 괜히 화제를 돌렸다고 후회했다. 방 안에 있는 모든 사람들의 시선이 주혁을 향하고 있었는데, 이럴 때마다 굉장히 부담이 되었다.

"일이 워낙 바빠서요. 조금 천천히 생각하려고요."

"아무리 바빠도 연애를 할 시간이 없으려고. 지금 만나는 사람 없으면 내가 소개라도 할까?"

태주가 생각해 둔 사람이라도 있었는지 넌지시 말을 붙여 왔다. 일단 물꼬가 터지자 걷잡을 수 없었다.

그의 말에 외숙모와 형수까지 나섰다. 주혁이 워낙 유명한지라 소개하는 게 부담스럽기는 했지만, 그래도 다들 신경을 쓰고 있었던 모양이었다.

"맞아. 참한 사람 있는데 한번 만나라도 봐."

외숙모는 잘 아는 처자가 있는데, 정말 괜찮다며 적극적으로 권했다. 초등학교 선생님인데, 교육자 집안이라 가정교육도 잘 받았다면서. 형수는 신입 아나운서인데 만나볼 생각 없느냐고 물어왔다.

사실 주혁 정도면 최고의 신랑감이라고 할 수 있다. 당연히 친척들에게 은근한 부탁이 들어오기도 했다.

하지만 지금까지 한 번도 이야기를 꺼낸 적이 없었다. 주혁이 얼마나 바쁜지 알고 있었으니까.

그러나 이제는 나이도 나이고, 기반도 충분히 잡았으니 소개를 하려는 거였다. 그리고 주혁이 듣기에도 외가 식구들이 신경을 많이 쓴 것 같았다. 말을 꺼낸 사람들의 이야기를 듣기만 해도 괜찮은 사람이라는 느낌이 올 정도였으니까.

하기야 외가 식구들이 얼마나 주혁을 아끼는데 아무나 소개를 하겠는가. 그리고 어렸을 때부터 주혁을 보아온 사람들이다. 식구가 없는 지금 주혁과 어떤 사람이 잘 어울리는지 가장 잘 아는 사람들일 것이다.

"나중에요. 지금은 바로 작품 들어가야 해서 좀 그래요."

주혁은 진땀을 흘리면서 사태를 수습했다. 언젠가는 결혼도 할 생각이었다. 하지만 지금은 아니었다. 그리고 소개로 만나는 것보다는 운명과 같은 만남을 바라고 있었다.

하지만 사람들은 주혁을 쉽사리 놓아주지 않았다. 가정이 안정이 되어야 일도 잘된다면서. 다 맞는 이야기였지만, 주혁은 적어도 이번 작품이 끝날 때까지는 그럴 생각이 없었다.

"이번 작품 끝나고 생각해 볼게요. 정말 중요한 작품이라서 그래요."

"그래. 하긴 감독까지 하려면 신경 쓸 게 한두 개가 아니겠지. 그런데 혹시 지금 누구 만나고 있는 사람이 있는 건 아니겠지?"

"혹시 그 외국 여자하고 만나는 거 아니니? 아주 예쁘장한 그 여자하고 얘기가 좀 있던데."

주혁은 리리아와는 그런 사이가 아니라며 선을 그었다. 주혁은 그런 이야기를 어디서 들었느냐고 물었는데, 기사가 났다는 거였다. 주혁이 검색을 해보니 아주 모호한 표현을 써서 둘 사이에 무언가 있는 것처럼 쓴 기사가 있었다.

"이런 거 전부 낚시 기사예요. 그런 거 있으면 제가 먼저 얘기를 하죠."

주혁은 만약 만나는 사람이 생기면 먼저 이야기를 할 테니까 이런 기사는 믿지 말라고 이야기했다. 그렇게 주혁이 곤란을 겪고 있을 때, 그를 살려준 건 한 통의 전화였다.

"잠깐만요, 통화 좀 하고요."

주혁은 재빨리 밖으로 나오면서 전화를 받았다. 예전에 괴물을 촬영할 때 친해졌던 성근 씨였다. 손강호 선배가 다쳤을 때 구급상자를 가지고 온 사람이었는데, 그 후로도 종종 연락하고 지내는 사이였다.

"성근 씨, 어쩐 일이에요?"

성근은 우물쭈물하더니 결혼을 한다고 털어놓았다. 연락을 할까 말까 하다가 한번 전화를 한 거라고 했다. 제법 친하기는 했지만, 주혁이 워낙 유명해져서 부담스러웠던 거였다.

―그래도 연락은 해야 할 것 같아서. 결혼식 전에 얼굴이나 함 보자고 전화했어.

"결혼식이 언젠데요?"

성근은 결혼식 날짜를 알려주었지만, 기대는 하지 않고 있었다. 그것보다 결혼 전에 인사나 할 테니 한번 보자고 말을 걸었다. 주혁은 알았다고 하고는 3일 후에 보기로 했다.

*　　*　　*

주혁이 주연을 맡게 될 영화에 대해서는 아직 대중들에게는 공개하지 않고 있었다. 작품을 준비 중이라는 정도만 알려졌는데, 일부러 숨긴 건 아니었다. 내용이 유동적이어서 발표를 미루고 있는 거였는데, 덕분에 사람들은 주혁의 차기작에 대해서 잘 모르고 있었다.

"감독을 한다는 이야기가 정말인가요?"

서준 작가가 물어왔다. 벌써 소식이 그에게까지 퍼진 모양이었다.

"예, 일이 그렇게 됐네요."

"부담스러우시겠어요. 주연에다가 감독까지 하시려면……."

"저도 가능하면 맡지 않으려고 했는데, 이번에는 어쩔 수가 없네요. 감독이 갑자기 사고가 나는 바람에."

"아, 그래서……."

새로운 감독을 구할 때까지 일정을 뒤로 미룰 수도 있다. 하지만 적임자가 있는데, 군이 일정을 미룰 이유야 없지 않겠는가. 그래서 주혁이 맡게 된 것이고, 덕분이 일거리가 많이 늘어났다.

주연배우일 때는 자신의 캐릭터와 작품에만 신경을 쓰면 되는 거였다. 하지만 감독을 하게 되니 신경을 써야 할 곳이 한두 군데가 아니었다. 미술과 소품부터 시작해서 음악까지 전부 자신만의 기준이 있어야 했다.

"옆에서 볼 때는 잘 몰랐는데, 직접 챙기다 보니 무슨 일이 그렇게 많은지 모르겠어요."

"원래 그렇죠. 보는 거하고 직접 하는 건 천지 차이라고들 하니까요."

주혁은 그래서 같이 작업을 했던 감독들이나 촬영, 미술, 음악, 분장 등과 같은 분야의 전문가들을 만나면서 바쁜 일정을 소화하고 있었다. 주혁의 성격상 어설프게 하는 건 참을 수가 없었다.

하지만 만나야 할 사람도 많았고, 알아야 할 내용도 많아서 정말 바쁜 시간을 보내고 있었다. 감독을 맡기 전까지만 해도 여유가 조금 있었는데, 지금은 잠을 잘 시간도 거의 없었다.

"이 노래들 저작권은 전부 해결했어요?"

"지금 미국에서 하는 중이야."

승효는 고개를 끄덕였다. 음악에 대한 이야기를 나누기 위해서 작업실을 찾아왔는데, 그 역시 작업을 하고 있었다.

"4월부터는 작업 들어가야 하니까 그전에 정리 다 해야 해."

"알겠습니다. 드디어 내가 할리우드로 진출을 하는군요. 캬~ 이제 엔리오 모리꼬네같이 유명해질 날도 멀지 않았어요. 제가 말이죠, 아이디어를 좀 생각해 봤는데요……."

승효는 테마로 생각한 곡을 들려주었다. 세 가지 정도 들려주었는데, 각각 개성이 있었다. 하나는 애절한 느낌이 잘 살았고, 다른 건 무척 흥겨웠다. 그리고 무척 힘차고 에너지가 넘치는 곡도 있었다.

"이건 언제 작업을 했냐? 일하는 것도 바쁘다면서."

"나쁘지 않죠? 크헤헤헤. 이거 할리우드 영화 음악에 참여한다고 하니까 잠이 와야 말이죠. 그래서 틈틈이 작업을 했죠."

승효는 무척이나 들떠 있었다. 사실 그는 새로운 일에 도전하는 걸 좋아했다. 그래서 처음 아토 엔터테인먼트에 합류할 때도 선뜻 움직였던 것이다. 하지만 그 후로 계속 가요 작곡만 하다 보니 무척이나 지쳐 있었다.

하지만 영화 음악을 맡기겠다고 하니 벌써 얼굴에 생기가 돌았다. 그리고 지금과 같은 결과물을 만든 것이다.

"지금은 스케치만 한 상태라서 느낌만 보면 돼요."

주혁은 영화의 장면을 생각하면서 음악을 배경으로 깔아 보았다. 배우들도 대충 정해져서 상당히 디테일한 장면이 그려졌다.

"러브 테마는 느낌이 좋다. 감성이 잘 맞는 것 같아."

하지만 다른 두 테마는 뭔가가 약간 부족하다는 느낌이 들었다. 하기야 장면이 나오기도 전에 이런 작업을 한다는 것 자체가 조금 이상한 일이기는 했다.

"지금은 생각만 해두고, 나중에 촬영한 후에 작업에 들어가. 공연히 일 시작하기도 전에 힘 빼지 말고."

"알았다니까요. 그 정도야 제가 알아서 하죠. 뭐, 여기에 쓰지 않으면 묵혀뒀다가 다른 데 쓰면 되죠, 뭐."

똥개 이승효다운 말이었다. 주혁은 승효의 어깨에 손을 얹었다. 아무런 말도 하지 않았지만, 둘은 서로를 신뢰하고 있다는 걸 느낄 수 있었다. 말로 이야기를 하는 것보다도 훨씬 강하고 단단한 신뢰가 느껴졌다.

주혁은 뒤이어 CG 팀을 찾아가 상의를 했고, 미술과 소품, 분장 관련 사람들과도 미팅을 가졌다. 정말 하루가 어떻게 지나가는지도 모르게 시간이 지나갔다. 조금 전에 일어난 것 같은데, 고개를 돌려 보면 벌써 해가 지고 있었다.

"잘 알면서 뭐하러 나한테까지 오고 그래?"

"저야 어깨너머로 본 게 전부죠."

"무슨 소리야. 이제는 내가 배워야 할 판인데."

주혁은 지동훈 감독과 만나고 있었다. 이번 작품에 관련해서 이야기를 나누기 위해서였는데, 지 감독은 도움이 될 만한 이야기를 많이 해주었다.

"확실히 시나리오는 잘 빠졌던데? 포인트가 정확해. 플롯도 짜임새가 있고, 캐릭터 각각의 사연도 아주 좋더라고. 코러스 라인 느낌도 살짝 나고."

지 감독은 주인공은 베토벤 바이러스의 강 마에나 닥터 하우스의 하우스 같은 느낌이 드는데, 인간적인 매력이 아주 풍부하다는 점이 다른 것 같다고 했다.

"아픔을 경험한 사람이니까요. 예전같이 까칠한 건 남아 있지만, 세상을 보는 시선이 달라진 거죠."

"맞아, 그렇게 캐릭터 하나하나가 살아 있는 느낌이 들어서 좋네. 자네 느낌이 나는 작품이야."

주혁의 말에 맞장구치면서 지동훈 감독은 인물들의 감정이 잘 드러나서 배우들이 연기하기도 편할 거라고 이야기했다. 그러면서 배우와 소통을 할 때 어떻게 하는지에 대해서도 조언을 해주었다.

주혁도 현장에서 경험을 하긴 했지만, 자신이 직접 감독을 한다고 생각하면서 들으니 확실히 다르게 들렸다.

"시나리오하고 자네가 그리고 있는 것도 명확하니까 잘될 거야. 기초가 튼튼하면 그 위에 건물 올리기가 편한 법이거든."

"정말 많은 도움 되었습니다, 감독님. 나중에 제가 꼭 멋진 곳에서 술 한잔 사겠습니다."

주혁은 꾸벅 인사를 하고는 지동훈 감독의 기대하겠다는 말을 들으면서 후다닥 밖으로 뛰어 나갔다. 약속에 시간이 아슬아슬해서였다.

주혁은 시계를 보면서 차를 세워둔 골목까지 뛰었다. 하늘에 떠 있는 훤한 달이 그 모습을 물끄러미 지켜보고 있었다.

*　　*　　*

"얼굴 좀 펴요."

곱게 한복을 차려입은 중년의 여성이 남편의 옆구리를 쿡쿡 찔렀다. 남자는 억지로 웃는 표정을 하면서 자신에게 다가온 사람과 인사를 나누면서 악수를 했지만, 이내 딱딱하게 굳었다.

딸이 하도 난리를 피워서 허락은 해주었지만, 사위가 마음에 들지 않았기 때문이었다. 딸자식이 그래도 번듯한 사람에게 시집가기를 원했는데, 벌이도 시원치 않은 단역 배우라서 그런 거였다.

나온 작품은 많았다. 그래서 몇 작품을 보았다. 이야기를 듣지 않으면 어디에 나왔는지 알아볼 수도 없었다. 대사가 있는 역할도 거의 없어 보였다. 그래서 그렇게 반대를 했건만, 딸아이는 그 녀석의 어디가 그렇게 좋은지 그 사람이 아니면 절대로 안 된다고 고집을 부렸다.

그래서 허락을 해주었고, 이제 식을 올리게 되었다. 하지만 못내 아쉬운 기분이 드는 건 어쩔 수가 없었다. 그러지 말아야지 하는 생각을 하면서도, 웃으면서 사람들을 맞이하는 사위 녀석의 얼굴을 보면 갑자기 화가 치밀었다.

"사위가 배우라면서요? 어떤 작품에 나왔대요?"

"제가 뭐 그런 쪽으로는 잘 몰라서요. 여러 군데 나왔는데, 아직 유명하지는 않다고 하네요."

이런 질문을 받을 때가 가장 난감했다. 정말 얼굴이라도 제대로 나온 영화나 드라마라도 있으면 이야기를 할 텐데, 그런 것도 없으니 이런 질문을 받을 때마다 아주 고역이었다.

"어머, 저기 강주혁하고 봉 감독님 아니에요?"

하객의 소리에 고개를 돌려 보니 사람들의 시선이 모두 한 곳을 향해 있었다. 자신은 배우들에 대해서는 잘 몰랐지만, 적어도 강주혁이라는 배우가 유명하다는 건 알고 있었다. 사위도 노래를 불렀다. 예전에 무명일 적에 같이 영화에 출연했었다고.

하지만 설마하니 결혼식에서 보게 될 줄은 몰랐다. 그리고 그들이 전부가 아니었다.

"손강호야, 손강호."

"쟤, 써니에 나왔던 애 아니야?"

남자는 갑자기 몰려드는 배우들 덕에 정신이 하나도 없었다. 하객들은 사위가 배우라서 좋은 구경 한다면서 연신 추켜세웠고, 딱딱하던 남자의 표정도 조금씩 풀려갔다.

"아니, 바쁘실 텐데 어떻게 오셨어요?"

성근은 흰 장갑을 낀 손으로 손강호의 손을 꽉 잡았다.

"내가 자네 결혼식에 빠질 수 있나. 그때 주혁이하고 자네 아니었으면, 다리 절 수도 있었는데 말이야."

"에이, 제가 뭘 했다고 그러세요. 주혁이가 큰일 했죠."

성근은 넉살 좋게 이야기를 나누었지만, 이렇게 찾아와 줄 것이라고는 예상하지 못해서 무척 당황하고 있었다. 하지만 밀려드는 하객들과 인사를 나누어야 해서 그런 걸 생각할 겨를도 없었다.

"은경이도 왔네? 어, 지아 씨, 와줘서 고마워요."

써니에 출연해서 스타덤에 오른 은경이는 헨젤과 그레텔에서 알게 된 인연으로 오게 된 거였고, 지아도 전에 같이 출연을 한 인연이 있었다.

주혁은 바쁘게 인사하고 있는 성근을 보면서 조금은 부럽다는 생각도 했다. 결혼식에 온 게 처음은 아니었지만, 오늘따라 이렇게 많은 사람들의 축하를 받는다는 게 굉장히 좋아 보였다.

사실 결혼식에 오래 있을 수는 없다. 아마 식만 잠깐 보고 바로 가야 할 것이다. 그나마 오늘 약속이 봉 감독과 손강호였고, 만나는 장소가 이곳에서 멀지 않은 곳이라 가능했던 거였다. 그렇지 않았다면 마음은 있어도 올 수는 없었을 것이다.

"감독님, 잠시만요. 아는 사람이 있어서 인사 좀 하고 올게요."

"그래, 갔다가 와."

주혁은 지아를 발견하고는 그녀에게 걸어갔다. 그리고 그녀의 곁에는 반가운 얼굴이 또 있었다. 그것도 두 명이나.

"아현 씨, 오랜만이에요."

"어머, 주혁 씨도 왔어요?"

지아는 송아현 부부와 함께 있었다. 이야기를 해보니 성근과는 같이 출연한 적이 있어서 왔다는 거였다. 그리고 알고보니 지아 소속사가 송아현 부부의 회사였다.

'작지만 가족적인 분위기라고 하더니 아현 씨 회사였구나.'

둘은 그럭저럭 회사를 꾸려가고 있다고 했다. 특별히 욕심부리지 않고 있어서 할 만은 하다고 하면서 주혁에게 단역 배우 필요하면 연락 달라고 이야기했다.

"회사라고 해봐야 일곱 명이 전부야. 그래도 다들 열심히 해서 그럭저럭 먹고살 만은 해."

송아현 부부가 정말로 행복해 보였다. 표정과 태도만 보아도 지금 둘이 행복해하고 있다는 걸 자연스럽게 알 수 있었다. 그리고 같이 온 회사 식구들의 표정도 다들 좋아 보였다.

"좋은 데 있구나."

"사장님이 오빠 이야기 많이 하더라고요."

"저번에 만났을 때 이야기하지 그랬어."

"원래 이야기하려고 했는데, 그때는 게스트 일 때문에 정신이 없어서……."

지아는 방송 나와줘서 고맙다고 이야기했다. 그 방송은 시청률이 제법 괜찮았다고 했다. 하지만 조금 도움이 된 정도이다. 한 번 유명한 게스트가 나온다고 프로그램이 살거나 하겠는가. 역시나 이후로는 예전 시청률로 돌아갔다고 했다.

주혁은 이야기를 나누다가 다시 일행에게 돌아왔다. 봉 감독과 손강호가 이야기를 나누고 있었다.

"야, 좋은 배역 있으면 이 형님도 좀 부르고 그래."

"형님이야 맞는 역할 있으면 당연히 불러야죠."

손강호는 마땅한 작품이 없다면서 투덜거렸다.

"요즘 작품 좋은 거 많더라고. 범죄와의 전쟁 그거 괜찮더라."

아무래도 영화에 몸담고 있는 사람들이다 보니 자연스럽게 영화 이야기가 주를 이루었다. 그런데 이야기를 하는 포인트가 조금 달랐다. 배우는 연기나 감정의 표현 같은 면에 대한 이야기를 더 많이 했고, 감독은 보는 시각이 조금 달랐다.

"그러니까 거기서 주인공이 예전 상사랑 술집에서 마주치는 장면 있잖아요. 거기서 싸움이 벌어지니까 사장들이 전부 계장 편을 들거든요."

봉 감독은 주인공이 혼자서 뒤집어쓰고 나올 수밖에 없는 상황과 그 이후에 변한 현실을 그 장면 하나로 보여주는 거라고 이야기했다.

둘이 싸우는데 업체 사람들이 계장을 도와서 주인공을 꽉 잡는 건 그들이 한통속이라는 걸 보여주는 것이고, 그런 상황에서 같이 온 깡패가 사람들을 두들겨 패는 건 이제는 상황이 바뀌었다는 걸 보여주는 거라고 했다.

"전에는 주인공이 그들을 상대할 수 없으니까 쫓겨난 거죠. 하지만 지금은 그렇지 않다는 걸 보여주는 장면이에요. 영화는 보여줘야 하거든요."

영화를 영상 언어라고 한다. 인물들이 내용을 전부 대사로 알려주는 게 아니라 이렇게 장면을 통해서 많은 것이 표현된다.

"그리고 요즘에 완전히 뜨는 영화 있잖아. 그거 제목이 뭐더라? 건축 뭐던데?"

"혹시 건축학 개론 이야기하시는 건가요?"

손강호는 그 작품도 아주 화제라고 이야기했다.

주혁은 범죄와의 전쟁은 보았지만, 최근에 너무 바빠서 건축학 개론은 보지 못했다. 물론 화제가 되고 있다는 건 알고 있었다.

봉 감독은 거기서도 인상적인 장면이 있다고 했다.

"남자 주인공이 마지막에 문을 고치는 장면이 있거든요. 문을 펴려고 하는데 잘 안 되죠."

봉 감독은 그게 남녀 주인공 사이가 다시 좋아질 수 없다는 걸 알려주는 장면이라고 했다. 주혁은 역시나 배우로 작품을 볼 때와 감독으로 작품을 대할 때는 완전히 달라진다는 걸 다시 한 번 깨달았다.

이런 내용을 모르는 건 아니었다. 하지만 배우 입장에서 이야기를 듣는 것과 감독 입장에서 이야기를 듣는 건 느낌이 달랐다. 배우일 때는 이런 내용보다는 그 인물의 감정에 더 관심을 두었으니까.

"주혁 씨 작품 시나리오도 좋던데요. 의미와 상징성을 가진 부분이 많아서 저는 좋았어요."

세계적인 감독의 칭찬을 들으니 기분이 묘했다. 주혁은 자신의 작품에 관해서 이런저런 질문을 던졌고 봉 감독은 자신의 생각을 이야기해 주었다. 손강호도 동참해서 자기 의견을 피력했고.

"식사라도 하고 가지."

"지금 가봐야 해요. 스케줄이 있어서요."

"바쁜데도 이렇게 와줘서 고마워."

성근은 가야 한다는 주혁의 손을 잡고는 무척 아쉬워했다.

"곧 미국에 들어가야 해서 집들이에는 못 갈 것 같네요. 나중에 다들 모여서 한잔하죠."

"그래, 한국 오면 연락하라고."

주혁은 인사를 마치고 일행에게 돌아갔고, 성근은 부인과 함께 사람들에게 고개를 숙여 감사를 표했다. 그리고 그들의 뒤로 신부의 아버지와 어머니가 흐뭇한 모습으로 그 광경을 지켜보고 있었다. 특히, 신부 아버지가 흡족해하는 게 보였다.

*　　　*　　　*

스태프를 꾸려 미국에 온 주혁은 정신없는 나날을 보내고 있었다. 바쁠 거라는 건 알고 있었지만, 이 정도일 줄은 생각지 못했다. 하지만 자신의 작품을 만든다는 생각에 시간 가는 줄 모르고 일에 빠져 있었다.

그러는 사이에 다른 사람들도 차근차근 준비를 하고 있었다. 한국 스태프와 미국 스태프들도 서로 의사소통을 하면서 팀워크를 다지고 있었고, 일 때문에 미처 합류하지 못했던 사람들도 하나둘 팀으로 모여들었다.

그리고 크랭크 인이 얼마 남지 않아서 배우들도 속속 모이고 있었다. 주혁은 세트장부터 의상과 소품에 이르기까지 꼼꼼하게 챙기고 확인했다.

"와, 정말 감독 아무나 하는 거 아닌 것 같다."

"그래도 전 부럽습니다, 형님."

"맞아요, 이런 기회가 아무한테나 오는 건 아니잖아요. 오빠 정도 되니까 가능한 거지."

장백이와 윤미가 늘 주혁의 곁에 있었다. 윤미는 이제 영어가 많이 늘었다. 말은 아직도 조금 서툴긴 했지만, 상대의 말은 모두 알아들었다.

"역시 영어는 전투영어라니까요."

윤미가 늘 하는 말이었다. 자신이 아쉬우니까 무조건 뛰어들어서 손짓 발짓을 해가며 영어를 배웠다. 그런데 그렇게 하는 게 학원에서 배우는 것보다 훨씬 빠르다며 늘 이런 이야기를 해댔다.

"감독님, 스케줄 한번 보시죠."

주혁은 조감독이 만들어 온 일정표를 보았다. 연출 쪽으로는 아는 사람이 많지 않아서 소개를 받았는데, 아주 똑똑한 친구였다. 아저씨를 촬영할 때 조감독을 했던 친구였는데, 미국에서 영화 관련 학교에 다녀서 이쪽 사정이나 정서에도 아주 밝았다.

"잠깐만, 통화 좀 하고."

주혁은 부르르 떨리는 진동에 바지 주머니에서 핸드폰을 꺼내 보았는데, 모르는 번호였다. 잘못 온 전화가 아니라면 오드아이일 확률이 높았다.

―접니다, 오드아이.

역시나 오드아이였다. 주혁은 벌써 정보를 다 모은 건가 싶었다. 하지만 그렇지는 않았다. 다른 일로 연락을 한 거였다.

─목표가 조만간 LA에 갈 예정입니다.

주혁은 눈이 번쩍 뜨이는 듯했다. 드디어 보스와 대면을 하게 되는구나 하는 생각이 드니 손에 땀이 축축하게 배어 나왔다.

"그게 언제지? 그리고 일정은 어떻게 되지?"

주혁은 빠르게 말했다. 오드아이는 보스가 언제 LA에 도착하고, 언제 어디로 움직이는지 이야기했다. 주혁은 같은 내용을 두 차례나 반복해서 확인했다.

"그렇단 말이지. 알겠어. 규석."

─채란.

암호를 확인하고는 통화를 마쳤다. 주혁은 드디어 끝장을 볼 수 있겠다는 생각에 숨이 가빠졌다. 보스가 누구인지 확인도 하고, 그의 기억도 확인해서 마무리를 할 생각이었다.

"상자의 위치만 알아내자. 그러면 모든 걸 끝낼 수 있으니까."

이번에 보스를 만나면 무리를 해서라도 상자의 위치를 파악할 생각이었다. 그리고 나면 바로 동전을 사용할 것이다. 어떻게든 상자만 모두 자신의 손에 넣으면 상황은 끝이다.

주혁은 자신의 컨디션을 체크했다. 바쁘게 일상이 돌아가고 있었지만, 딱히 피로가 느껴지거나 하지는 않았다. 하지만 그동안 수련을 하지 못한 건 있었다.

"보스가 오기 전까지 컨디션을 최고조로 끌어 올려야겠어."

얼마 만에 찾아오는 기회던가. 이번 기회를 놓치면 이런 기회가 언제 올지 알 수 없다. 그러니 이번에 반드시 끝장을 내야겠다고 생각했다.

[이봐, 물어볼 게 있는데.]

[뭐지?]

[혹시 컨디션을 끌어 올리는 방법이나, 능력을 사용하는 힘을 비축하는 그런 방법은 없을까?]

주혁은 혹시나 해서 상자에게 질문했다. 지금까지는 이런 질문을 할 필요가 없었는데, 이번에는 워낙 중요한 일이라서 물어본 거였다.

[특별한 방법은 없다. 평소에 착실하게 준비하는 게 가장 좋은 방법이지.]

역시나 별다른 비법 같은 건 없었다.

주혁은 조금 아쉬웠다. 이번에는 절대로 실패하면 안 되기 때문에 확실한 방법이 있었으면 좋겠다고 생각했었으니까. 하지만 지금까지 노력한 걸 믿어보기로 했다.

"한 보름 정도 남았으니까 그사이에 준비를 착실하게 하면 되겠지."

주혁은 보스는 과연 어떤 사람일지 기대가 되었다. 그리고 이번에는 반드시 끝을 보리라고 다짐했다.

*　　　*　　　*

"레디."

주혁의 말소리에 촬영 현장에 있는 모든 사람의 집중력이 높아졌다. 마치 100미터 육상 선수가 출발선에서 총소리를 기다리고 있는 것과 비슷한 상황이었다. 촬영 감독은 카메라에 눈을 바짝 대고는 렌즈 너머로 보이는 세상에 집중하고 있었고, 배우들은 자신이 할 연기를 떠올리면서 자세를 잡고 있었다.

하지만 아직 촬영 현장은 사진처럼 보였다. 아무런 움직임과 생동감도 없었다. 미약한 움직임과 옅은 숨소리는 맴돌았지만, 촬영 직전의 모습은 정지 화면이라고 부르는 편이 더 어울릴 듯했다.

"액션."

크지는 않았지만, 울림이 있는 목소리가 촬영 현장을 깨웠다. 배우들이 움직이기 시작했고, 그에 따라서 멈춰 있던 공간에 활기와 에너지가 감돌았다. 그렇게 촬영은 힘차고 열정적으로 진행되었다.

주혁은 마치 총사령관 같아 보였다. 그는 날카로운 눈으로 전장을 지켜보았고, 상황이 어떻게 돌아가는지 면밀하게 살폈다. 그리고 그의 말 한마디에 현장이 멈췄다.

"컷, 컷."

주혁의 목소리에 촬영이 중단되었다.

"피터, 피터!"

주혁은 이리 오라고 손짓을 하면서 피터를 불렀다. 이번 신의 주인공인 피터는 입맛을 다시면서 고개를 흔들었다. 또 한소리 듣겠다는 생각이 들어서였다.

영화에도 주인공이 있지만, 신에도 주인공이 있다. 신의 주인공은 가장 두드러지는 역할을 하기도 하지만, 가장 마지막에 인상적으로 등장하기도 한다.

예를 들어서 화장실 세면대에서 여자 둘이 누군가의 험담을 하는 장면이 있다고 치자. 그들이 나간 뒤 험담의 당사자가 문을 열고 나와서 세면대에서 날카로운 눈빛으로 손을 씻는다. 이 신에서의 주인공은 나중에 나온 험담의 당사자이다.

그리고 지금 촬영하는 장면에서도 마찬가지다. 나오는 분량은 많지 않지만, 피터가 연기하는 캐릭터를 보여주기 위해서 존재하는 장면이다. 당연히 피터가 이 신의 주인공이었고, 그의 연기가 가장 중요했다.

"잔소리 대마왕."

피터는 투덜거리면서 걸어갔고, 그의 목소리를 들은 사람들이 킥킥대며 웃었다. 하지만 피터나 다른 사람들이나 불만은 없었다. 감독인 주혁이 지금까지 이야기한 내용 중에서 틀린 것이 없었으니까.

하지만 지적을 받는 것이 달가울 리는 없는 법. 피터는 떨떠름한 표정으로 다가왔고, 주혁은 피터가 도착하자 지금 연기한 모습을 가리키면서 이야기했다.

"너무 냉소적인 것 같아요. 지금 피터가 연기하는 캐릭터는 그렇게까지 적극적으로 자신의 감정을 표현하는 사람이 아니잖아요."

"지금 상황이면 이 정도는 할 수 있지 않나?"

피터는 조금 억울하다는 듯 말했다. 자기 생각에는 지금 상황에서 이런 반응을 보이는 건 있을 수 있다고 생각했으니까. 하지만 주혁은 고개를 저었다. 그는 캐릭터 이력서를 펼쳐 들었고, 피터는 한숨을 푹 내쉬었다.

캐릭터 이력서. 주혁은 주요 인물의 이력서를 자세하게 작성해서 나누어 주었다. 영화 속의 인물이 어떤 성장 배경에서 자라왔고, 어떤 경험을 해서 지금의 성격이 되었는지를 알 수 있는 그런 내용이었다.

"여기 보세요. 이 캐릭터는 냉소적이긴 하지만 음악에 대한 열정도 상당해요. 그러니까 희망이 아직 완전히 사라지지 않은 상황에서는 그렇게 막 나갈 수가 없다니까요."

"그렇게 막 나간 건 아닌데……."

막 나갔다고 이야기를 하긴 했지만, 그런 이야기를 들을 정도는 아니었다. 그저 투덜거림이 조금 강했을 뿐이었다. 그리고 피터는 그 상황에서 자신이 맡은 캐릭터라면 그렇게 행동했을 거라고 생각해서 그리한 거였다.

하지만 주혁의 생각은 달랐다. 피터의 연기도 나쁘지는 않았지만, 그 캐릭터가 가지고 있는 고유의 느낌이 아니었다. 그래서 주혁은 지금 연기에 문제가 있다는 걸 확실하게 알려주기 위해서 일부러 과장된 표현을 사용했다.

그러면서 아주 디테일한 부분까지 이야기를 했다. 몸짓과 표정, 움직임에 이르기까지 의견을 나누었는데, 가끔 직접 시범을 보이기도 했다. 그리고 주혁이 시범을 보이면 지적을 받은 사람들은 고개를 끄덕일 수밖에 없었다.

아주 미묘한 차이였지만, 주혁이 한 연기가 더 캐릭터를 잘 살리고 있다는 걸 알 수 있었으니까. 그건 연기력으로는 상당한 인정을 받고 있는 피터도 마찬가지였다. 주혁 앞에만 서면 이상하게 한없이 작아지는 느낌이 들었다.

피터도 주혁이 이야기한 부분을 생각하지 않은 건 아니었다. 그런 걸 다 염두에 두고 연기를 한다. 하지만 확실히 주혁의 눈은 정확했다. 그가 지적하는 부분은 아주 미묘한 문제점을 날카롭게 파고들었다.

이건 역량의 차이가 아니었다. 시간의 차이였다. 주혁은 그만큼 오래 고민하고 보아왔기 때문에 이 작품과 캐릭터에 대해서 자세하게 꿰뚫고 있는 거였다. 다른 사람들도 그것을 잘 알고, 또한 주혁의 의견이 더 나아 보였기 때문에 수긍했다.

캐릭터라는 게 참 표현하기 어려운 것이다. 똑같은 상황이라도 사람에 따라서 반응이 다르다. 갑자기 폭발음이 들렸을 때, 어떤 사람은 뒤도 돌아보지 않고 도망치고 어떤 사람은 몸을 숙이면서도 무슨 일이 일어났는지 궁금해서 기웃거린다.

주혁은 그런 캐릭터에 중점을 두고 대화를 나누었다. 이 캐릭터는 이런 과거가 있고, 이런 성격이니 지금 상황에서는 이렇게 행동해야 된다는 식으로. 그리고 그가 지금 이런 지적을 지나치다 싶을 정도로 많이 하는 건 다 이유가 있어서였다.

"그런데 일정이 상당히 특이해. 한국에서는 이렇게 촬영을 하나?"

"그럴 리가요."

피터는 연기와 관련된 대화를 나누고 난 후 평소 궁금하게 생각하던 걸 물어보았다. 다시 촬영이 시작되기 전에 잠시 시간이 생겨서 그런 거였는데, 촬영 순서가 조금은 특이하게 느껴져서 그런 것이었다.

"일부러 순서대로 촬영하도록 신경을 쓴 거예요."

주혁은 가능하면 시나리오 순서대로 촬영을 할 수 있도록 신경을 많이 썼다. 물론 가능하다면 순서대로 촬영하는 게 좋기는 하다. 배우도 그렇고 연출하기에도 그게 작품에 몰입하기가 좋았으니까.

하지만 그런 식으로 촬영하는 경우는 거의 없었다. 대부분 한 장소에서 촬영할 분량을 쭉 찍고, 그다음 촬영 장소로 이동하는 식이다. 그래서 감정선을 유지하거나 몰입하는 게 쉽지 않았다.

주혁은 가능하면 이번 작품에는 모두가 흠뻑 빠져들어서 촬영할 수 있었으면 좋겠다고 생각했다. 그래서 가능하면 시나리오의 순서대로 촬영을 하도록 일정을 짠 거였다.

물론 모든 촬영을 그렇게 할 수는 없었다. 그래도 시나리오 초반부는 대부분 촬영 초기에 찍을 수 있게 되었다. 그래서 주혁은 캐릭터를 잡는 데 공을 많이 들이고 있었다.

지금은 이렇게 하는 게 속도도 더디고 굉장히 귀찮게 느껴질 수도 있다. 하지만 초기에 캐릭터를 확실하게 잡아놓으면 뒤로 갈수록 그 진가가 드러날 것이다. 배우들의 연기도 안정이 될 테고, 후반부로 갈수록 저절로 굴러가게 될 것이다.

"전에 한국에서 이렇게 찍은 작품이 있기는 했거든요."

"그래?"

피터는 관심을 가지고 그 작품에 관해서 물어보았고, 주혁은 그 작품이 크게 히트했다고 알려주었다. 그 작품은 왕의 남자였는데, 주혁은 이 작품도 그 영화처럼 대박이 났으면 좋겠다는 생각을 했다.

"장점이 분명히 있어. 가면 갈수록 배우들의 연기가 진하게 우러나올 테니까."

피터는 그렇게 될수록 영화를 절정으로 끌고 가는 힘이 강할 것이라고 말했다. 위기를 반복하면서 클라이맥스를 향해 가려면 주인공 한 사람의 힘으로는 불가능하다. 주변에서 받쳐 주는 인물들이 역할을 제대로 해야 한다.

조연이나 악역이 역할을 제대로 할수록 절정과 결말에서 시원하게 터져서 주인공이 빛나는 것이다. 그래서 주혁은 지금부터 확실하게 캐릭터에 익숙해지도록 사람들을 다그치고 있는 거였다.

영화와 드라마는 비슷해 보이지만, 결정적인 차이가 있다. 영화는 한번 영화관에 들어가면 끝까지 앉아서 본다는 점이 었고, 드라마는 조금이라도 지루하면 바로 채널을 돌린다는 거였다.

그래서 드라마는 계속해서 시청자의 관심을 끌어야 한다. 나중에 빵 터뜨리고 이런 거 소용없다. 나중에 아무리 결정적인 장면을 만들어놓았더라도 시청자는 그때까지 기다려 주지 않는다.

그리고 초반에 시청률이 잘 나오지 않으면 나중에 만회하기가 어렵다. 한번 보기 시작한 드라마는 계속 보는 경향이 있기 때문이었다.

하지만 영화는 다르다. 중간에 조금 지루한 부분이 있더라도 관객이 영화관을 뛰쳐나가거나 하지는 않으니까. 그래서 갈등과 위기를 통해서 감정을 차곡차곡 쌓아서 마지막 클라이맥스에서 터뜨리는 게 가능하다.

주혁은 끌고 나가는 힘도 강하게 할 생각이었지만, 무엇보다도 마지막 부분에 모든 사람이 큰 감동을 받을 수 있는 방향으로 작품을 끌고 갈 생각이었다.

주혁은 이번 작품을 대단히 특별하게 생각하고 있었다. 지금까지 작품을 하면서 전부 특별하다고 생각은 했지만, 이번에는 특히 그랬다. 자신이 처음으로 감독을 맡은 작품이기도 했고, 초기 시나리오 단계부터 직접 제작에 참여한 작품이었기 때문이기도 했다.

주혁은 모든 준비가 된 것을 확인하고는 다시 외쳤다.

"레디."

촬영장에는 다시 긴장감이 감돌았다. 모두가 주혁의 소리에 귀를 기울이고 있었다. 주혁은 주변을 다시 한 번 체크한 후 힘차게 소리를 질렀다.

"액션."

*　　　*　　　*

주혁은 촬영을 하면서도 수련을 게을리하지 않았다. 그래서 잠을 잘 시간이 거의 없었다. 겉으로 보기에는 그런 티가 거의 나지 않았다. 하지만 하루 이틀도 아니고 열흘 넘게 잠을 자지 않으면서 사람이 멀쩡할 수는 없었다.

"요즘 무척 피곤하신 것 같습니다, 형님."

"맞아요, 오빠가 이러는 거 처음 보는 것 같아요."

장백이와 윤미가 걱정스럽다는 표정으로 주혁에게 이야기했다. 강철 체력으로 유명한 주혁이었다. 자신들은 피곤함에 절어 힘들어할 때도 그는 날아다녔으니까. 하지만 요즘은 정말 피곤해 보였다.

주혁도 피곤하다는 걸 느끼고는 있었다. 하지만 얼마 남지 않았다. 이제 며칠 후면 드디어 보스를 볼 수 있다. 그러니 그 전까지만 참으면 된다. 보스를 만나서 그의 기억을 확인하고 상자가 있는 곳과 여는 방법만 찾아내면 모든 게 끝나니까.

아니. 굳이 여는 방법까지 알 필요도 없다. 알면 좋겠지만, 보스 역시 평범하게 두진 않았을 터. 보스의 상자를 얻으려면 상당한 노력이 필요할 것이다. 하지만 동전을 사용하더라도 상자를 얻어서 상황을 마무리할 수 있다면 그리할 것이다.

"감독은 처음이라서 그런 모양이야. 이것저것 신경 쓸 게 많아서."

주혁은 그렇게 둘러댔지만, 장백이와 윤미는 수긍하는 눈치였다. 실제로도 신경을 쓸 일이 무지막지하게 많았으니까. 하지만 감독은 대충 넘어가서는 안 된다. 감독은 모든 결과물을 책임져야 하는 위치. 그러니 확신이 들 때까지는 오케이를 하지 않아야 한다.

물론 다른 이유 때문에 현실과 타협해야 할 때도 있지만, 그렇다고 하더라도 그 안에서 최선을 찾아야 한다. 그래서 항상 영화 촬영 현장은 고되고 힘들다. 그래도 한번 이 일을 시작하면 빠져나오기 어렵다.

결과물을 보면서 느끼는 희열이야말로 그 어떤 쾌감보다 강렬했으니까. 주혁도 처음 혼자 극장에 가서 자신의 이름이 올라오는 걸 보면서 얼마나 가슴이 벅찼던가. 괴물 꼬리에 맞아서 강에 떨어지는, 정말 얼굴도 보이지 않는 역할을 했지만 그 이름을 보는 순간만큼은 세상에 부러울 것이 없었다.

그 후로 점점 더 비중 있는 역할을 하게 되었고, 주연 자리까지 맡았다. 그리고 할리우드로 진출해서 프로듀싱까지 겸했고. 그리고 지금은 주연배우이자 직접 감독까지 하고 있다.

주혁은 지금까지의 모든 일이 그저 꿈만 같았다.

"이제 슬슬 나가야 할 것 같은데요?"

시계를 보니 촬영 시간이 거의 되었다. 조감독이 아직 오지 않은 걸 보면 지금 한창 준비 중일 것 같았지만, 주혁은 자리에서 일어섰다.

밖으로 나가니 예상했던 것같이 촬영 준비가 한창이었다.

주혁은 사람들과 가볍게 인사를 하면서 준비 상황을 점검했다. 그리고 스태프와 배우들과 대화를 하면서 혹시 무슨 문제는 없지는 체크했다.

사람은 기계가 아니라서 언제나 같은 컨디션을 유지한다는 게 어렵다. 그래서 그런 점을 잘 관찰해야 했다. 주혁이야 상자 덕분에 체력적으로 문제가 되었던 적이 거의 없었지만, 다른 사람들은 아니었다.

그래서 그런 안배에도 신경을 써야 했다. 하지만 오늘은 그런 부분은 신경 쓰지 않아도 될 듯했다. 배우들 모두가 활기차 보였다. 나중에 밤이 되면 또 어떨지 모르겠지만, 적어도 지금 이 순간만큼은 모두가 밝은 얼굴과 기대에 찬 표정을 하고 있었다.

'다행이야. 사람들이 작품을 잘 이해하고 촬영을 즐기는 것 같아서.'

처음에는 조금 삐걱거리는 게 있었지만, 그건 어떤 일이든 마찬가지다. 처음부터 기가 막히게 호흡이 잘 맞는다거나 하는 일은 없다. 팀워크는 많은 땀과 시간, 그리고 서로에 대한 갈등을 겪고 나서야 생기는 것이었으니까.

그리고 촬영이 시작된 지 열흘이 넘어선 지금, 자신과 스태프와 배우들 사이에서 그런 것이 조금씩 보이기 시작했다. 이제는 슬슬 한 팀이라고 불러도 될 듯했다.

주혁은 모두 준비가 된 듯하자 자신의 자리로 움직였다. 그리고 고개를 돌려 주변을 한 번 살피고는 메가폰을 들고 외쳤다.

"레디."

"액션."

CHAPTER **75**
일생일대의 도전

"레디."

평소와는 다른 목소리가 촬영장에 울렸다. 하지만 사람들은 차분하게 준비를 하고 있었다. 처음에야 조금 낯설었지만, 지금은 많이 겪어서 익숙해졌으니까.

목소리의 주인공은 조감독이었다. 주혁의 촬영이 있을 때는 조감독이 주혁의 역할을 대신했다. 감독이 주연까지 하는 다른 경우에는 어떻게 하는지 모르겠지만, 주혁은 조감독에게 그 임무를 맡겼다.

조감독도 영화감독을 꿈꾸고 있는 사람이다. 그러니 잠시

만이라도 경험을 해보라는 의미에서 역할을 맡긴 거였다. 조
감독은 처음에는 굉장히 조심스러워했다. 아무래도 부담스
러웠던 것이다.

국내에서 이런 일이 있었다고 하더라도 부담이 되었을 것
인데, 할리우드에서 엄청난 인원이 지켜보는 가운데 하려니
까 처음에는 식은땀이 흐르고 목소리도 모기가 앵앵거리는
수준이었다.

하지만 주혁은 그런 조감독의 어깨를 두드리며 잘했다고
말해주었다. 그리고 주변 사람들도 축하한다고 이야기를 해
주었고. 그래서 지금은 주혁의 강한 카리스마에는 미치지 못
하지만, 부드럽지만 강단 있는 모습을 보여주고 있었다.

"컷."

조감독의 콜에 촬영이 멈추었고, 주혁은 부리나케 자리로
돌아왔다.

"어땠어?"

주혁은 자리로 돌아오자마자 조감독의 의견을 물었다. 하
지만 조감독은 우물쭈물했다. 감독 대행까지는 어찌어찌 하
고 있었지만, 아직 주혁의 연기에 대해서 코멘트를 하는 건
부담스러워했다.

왜 그렇지 않겠는가. 세계적인 배우이기도 했고 자신의 보
스이기도 했는데, 어떻게 쉽게 연기를 평하겠는가. 한국 정서

상 쉽지 않은 일이었다. 게다가 원체 조용하고 진중한 성격이어서 더 그랬다.

"괜찮다니까. 그냥 편하게 이야기해도 돼."

사실 사회에서는 이런 말을 들었을 때 조심해야 한다. 특히나 회식 자리 같은 데서 상사가 한 말이면 더욱 경계해야 한다. 저런 말이 진짜인 줄 알고 말했다가는 찍혀서 직장 생활 내내 괴로울 수 있다.

하지만 주혁은 진심이었다. 원래 자신이 한 작품의 결점은 자기 눈에는 잘 보이지 않는다. 자기 글의 오타도 본인에게는 잘 보이지 않고, 자기 시나리오의 이상한 점도 작가에게는 잘 보이지 않는다.

하지만 다른 사람들의 눈에는 그런 게 잘 보이는 법이다. 원래 훈수 두는 사람에게 수가 더 잘 보인다는 말도 있지 않은가. 그래서 그냥 허심탄회하게 이야기하라고 한 거였다. 자신의 연기가 어떻게 보이는지 알고 싶어서.

하지만 받아들이는 사람 입장에서는 그게 아닌 모양이었다. 조감독은 계속해서 채근하니까 요즘 들어서는 그래도 가끔 입을 떼기도 했다. 이번에도 망설이다가 겨우 입을 열었다.

"제가 보기에는 천재같이 보이지 않아서요."

"그렇지? 뭔가 특별한 게 있어야 하는데, 너무 평범해 보여."

주혁도 맞장구를 쳤다. 지금은 자신도 같은 생각이어서 그랬지만, 생각이 조금 다르더라도 일단은 동의하는 투로 시작했다. 가뜩이나 말하기 어려워하는 조감독인데, 거기다가 이상하다고 이야기하거나 면박이라도 주는 날에는 입이 조개처럼 꼭 닫힐 것이다.

그래서 주혁은 조감독이 말을 하면 일단은 동의한다고 하고 그다음에 자신의 의견을 말했다. 그러면 조감독도 거기에 관해서 이야기를 하는 식으로 대화가 이어졌다. 그러면 대화가 좀 자연스럽게 이어졌다. 하지만 오늘은 그렇게 흘러가지 않았다.

주혁도 고민하는 부분을 조감독이 정확하게 짚었기 때문에 다른 말을 하지 않았다. 이 영화의 주인공은 천재다. 그렇다면 관객이 영화를 보면서 그런 느낌을 받아야 한다. '아, 저 사람은 천재구나' 하는 생각이 들어야 하는 것이다.

하지만 그것이 어려웠다. 그리고 주혁은 그것이 왜 그런지 알 수 있었다. 자신이 천재가 아니었기 때문이었다. 그래서 천재들이 어떻게 움직이고 말하는지 이해하지 못하는 거였다. 알지도 못하고 본 적도 거의 없으니 제대로 표현을 하지 못하는 건 당연한 일.

"천재는 어떤 느낌일까요? 감독님은 잘 아시잖아요?"

조감독의 말에 주혁은 그저 웃을 수밖에는 없었다. 조감독도 그렇고 많은 사람들이 주혁을 천재라고 생각하고 있었다. 하지만 실상은 그렇지 않았다. 주혁은 천재가 아니라 노력하는 사람이었다.

천재라고 한다면 그렇게 많은 시간이 필요하지도 않았을 것이다. 주혁은 14년을 보내고도 시간이 부족하다고 생각했다. 거기다가 상자의 기운을 받아서 여러 능력이 좋아진 탓에 지금처럼 빛을 본 거였다.

그러니 천재하고는 거리가 멀다고 봐야 했다. 물론 사람들은 그런 사실을 모르고 있었지만, 사실 세상에 천재라고 불리는 사람들은 많지만, 실제로 타고난 천재는 많지 않다. 대부분이 노력해서 만들어진 천재였다.

사람들은 그 사람이 노력하는 모습은 잘 모른 채, 그 사람이 해놓은 결과만 보고서는 천재라고 떠든다. 주혁은 골프 선수인 타이거 우즈가 한 말이 생각났다. 사람들은 자신의 플레이만 기억하고, 자신이 얼마나 많은 시간을 연습하는지는 모른다고 한 말이.

그 말을 들으면서 주혁은 자신과 비슷하다고 생각했다. 물론 자신도 재능이 전혀 없지는 않았을 것이다. 하지만 그만큼의 노력이 없었다면, 결코 지금과 같은 연기를 할 수 없었을 것이다. 게다가 운도 좋았고.

"실제로 천재가 어떻게 행동하고 말하는지는 별로 중요하지 않지. 원래 천재들의 행동 양식과는 달라도 사람들이 그 캐릭터를 천재라고 생각하게 하면 되는 거니까."

주혁은 그렇게 이야기하고 넘어갔다. 그리고 그것이 사실이었다. 영화에서는 관객이 어떻게 받아들이느냐가 중요한 것이다. 관객들이 천재라고 생각하도록 만들 수 있으면, 실제와는 달라도 괜찮다.

예전에는 영화에 화산이 터지고 용암이 흐르는 장면이 자주 나왔다. 용암처럼 보이는 물질을 흐르게 하는 특수 효과를 사용했는데, 한번은 어떤 감독이 실제로 화산에서 용암이 흐르는 장면을 촬영한 적이 있었다.

실제로 용암이 흐르는 장면을 보여주면 현장감이 있을 것이라고 생각해서였다. 하지만 결국 진짜 용암을 촬영한 필름은 사용하지 못했다. 촬영한 필름이 용암이 흐르는 것같이 보이지 않았기 때문이었다.

그런 것처럼 인물도 실제와 정확하게 같을 필요는 없다. 오히려 적당히 변형하고 과장하는 경우가 더 많다. 그렇게 해서 관객을 설득할 수만 있으면 된다. 영화는 관객을 위해서 존재하는 것이기 때문이다.

만약 실제 천재처럼 행동하고 말하는 거였으면, 훨씬 연기가 어려웠을 것이다. 하지만 그렇지 않아서 주혁은 그나마 연기력으로 커버할 수가 있었다.

"다시 한 번 가겠습니다."

컷은 조감독이 외칠 수 있지만, 오케이는 주혁의 몫이다.

다시 찍을 것인지, 그만 찍을 것인지는 온전히 주혁이 결정해야 할 문제. 혹자는 감독이 주연배우까지 하면 편하겠다고 하지만 절대로 그렇지 않다.

오히려 자신의 연기에 엄격해질 수밖에 없다. 대충 넘어간다는 식으로 사람들이 생각하면 촬영장 분위기가 어떻게 되겠는가.

그러니 주혁은 오히려 자신의 연기에는 다른 때보다도 엄격하고 까다로웠다. 그리고 그렇게 해야 다른 장면을 찍을 때도 아무런 불만이 없다.

사람들이 아무런 말을 하지 않는다고 불만이 없는 게 아니다. 겉으로야 그런 걸 나타내지 않더라도 속으로는 많은 생각을 한다.

주혁은 적어도 연기에 있어서만큼은 그런 불만이 나오지 않게 만들었다.

"레디."

조감독의 외침에 다시 촬영장이 얼어붙었다.

"액션."

*　　　*　　　*

"드디어 내일이라 이거지."

아침에 일어나서 주혁은 촬영 준비를 하면서도 내일 오전에 보스가 LA에 도착한다는 사실에 더 신경이 쓰였다. 얼마나 기다려온 날인가.

오늘은 밤 장면 촬영이 있어서 새벽까지 촬영을 할 예정이었다. 그리고 내일 오전은 쉬고 오후에 다시 촬영이 시작될 예정이라서 보스를 보러 가는 건 문제가 없었다. 그런데 아침일찍 뜻밖의 방문을 받았다.

"크리스토퍼라고 합니다. 이렇게 불쑥 찾아와서 실례가 된 건 아닌지 모르겠군요."

주혁도 잘 아는 사람이었다. 천재 감독이라고 불리는 세계적인 감독. 그런데 그런 사람이 왜 갑자기 찾아왔는지가 궁금했다. 초보 감독인 자신의 작품이 궁금해서 온 것은 아닐 테고 말이다.

"일단 앉으시죠. 식사는 하셨나요?"

"예, 저는 괜찮습니다."

"그러면 커피?"

주혁은 자리를 권하고는 장백에게 커피를 가져다 달라고 했다. 다른 일행도 있어서 여러 잔을 부탁해야 했다.

"배역을 제의하러 왔습니다."

크리스토퍼는 다짜고짜 역을 맡아달라고 이야기했다.

주혁은 난데없이 찾아와서는 갑자기 배역 이야기를 하니

황당했다. 보통 이런 건 시나리오를 먼저 보내고 이야기가 오가는 게 보통이 아니던가.

"예? 저는 지금 촬영을 하고 있는데……."

"알고 있습니다. 제가 이야기하는 영화는 지금부터 준비를 시작해서 내년이나 되어야 촬영에 들어갈 테니 그건 걱정하지 않으셔도 될 것 같군요."

크리스토퍼는 잔을 들더니 커피를 벌컥벌컥 넘겼다. 목젖이 심하게 움직였는데, 주혁은 어쩐지 크리스토퍼가 지치고 초조해 보인다는 생각이 들었다.

잔을 내려놓은 크리스토퍼는 몸을 조금 숙이더니 다시 말을 이었다.

"당신이 아니면 맡을 사람이 없습니다. 당신이 승낙을 한다면 이 프로젝트는 진행할 것이고, 아니면 접고 다른 영화를 찍을 겁니다."

"저를 높이 평가해 주시는 건 좋지만, 무슨 영화인지 이야기라도 해주셔야……."

주혁은 웃으면서 대답했다. 주혁의 이야기를 듣자 크리스토퍼는 이마를 탁 치더니 몸을 뒤로 젖혔다. 그리고 껄껄 웃더니 입을 열었다.

"제가 너무 급하게 서둘렀군요. 이거 한 군데 꽂히면 정신이 없는 성격이라서."

그는 크게 웃고는 영화에 관해서 이야기를 시작했다. 하지만 많은 이야기가 필요하지는 않았다. 그는 딱 한 마디만 했지만, 주혁은 모든 걸 알 수 있었다.

"다크 나이트의 새로운 시리즈에서 조커 역을 맡아주세요."

주혁은 그 말을 듣고는 망치로 가슴을 얻어맞은 것 같은 충격을 받았다. 조커! 얼마나 가슴 떨리는 이름인가. 이미 고인이 된 배우가 연기한 영화 역사상 가장 인상적인 악당이었으니까. 배우가 아니더라도 그 이름을 모르는 사람은 없을 것이다.

배우가 죽고 난 뒤, 다시는 조커가 부활할 수 없을 거라고들 이야기했다. 어떤 배우가 조커 역할에 도전하겠는가. 만약 한다고 해도 어마어마한 부담감에 시달려야 할 것이다. 그리고 어지간한 배우라면 제작사에서 오케이를 하지도 않을 것이고.

"조커가 다시는 세상에 나올 수 없을 거라고 생각했습니다. 그런데 얼마 전에 제 동생이 갑자기 한밤중에 저를 찾아오더니 새로운 조커를 만들어보자고 하더군요."

감독의 옆에 앉아 있던 그의 동생이 깍지를 끼더니 기대감이 가득한 표정으로 주혁을 쳐다보았다. 그의 눈에는 강한 열망이 가득 담겨 있었다.

"그래서 동생하고 같이 영화를 봤죠. 추적자와 아저씨. 두 작품을 연달아 본 후에 가장 처음 든 생각이 뭔지 아십니까?"

크리스토퍼는 그 당시의 느낌이 떠오르는지 잠시 호흡을

가다듬더니 다시 말을 이었다.

"갈증이 나더군요. 하지만 큰 컵으로 하나 가득 시원한 물을 마셨지만, 갈증은 그대로더군요."

크리스토퍼는 주혁이 나온 다른 작품도 모두 보았다고 했다. 그리고 조커를 다시 세상에 부를 수 있는 사람은 이 사람밖에 없다고 확신했다고 말했다.

그는 세상에서 가장 매력적이고 강렬한 악당을 만들어보자고 이야기했다. 그러면서 만약 주혁이 거절하면 조커가 다시 세상에 나오는 일은 없을 거라고 말했다.

"조커."

주혁은 말을 내뱉고는 짧게 심호흡을 했다. 전혀 예상하지 못한 일이어서 그랬고, 너무나도 파격적인 일이라서 그랬다. 사실 조커라는 캐릭터는 굉장히 매력적인 캐릭터였다. 배우로서 한번 도전해 보고 싶다는 생각이 강하게 들었다.

하지만 그만큼 부담감도 굉장했다. 전작에서 배우가 보여준 포스는 너무나도 강렬한 것이었으니까. 누구나 그 배우가 연기한 조커를 머리에 떠올릴 것이다.

'그리고 당연히 비교가 되겠지.'

쉽지는 않을 것이다. 정말 혼신의 힘을 다하는 게 어떤 것인지를 보여주었고, 보는 사람들이 전율하도록 만드는 그런 연기였다. 마치 자신의 생명을 걸고 연기한다는 느낌이 들 정도였다.

'그 연기 이상을 보여줄 수 있을까?'

지금까지 이렇게 자신이 없었던 적은 없었다. 어떤 일을 하고, 어떤 캐릭터를 연기하더라도 지금처럼 망설여진 적이 있나 싶었다. 그만큼 조커라는 이름이 주는 무게는 한없이 무거웠다.

주혁이 쉽사리 대답을 하지 못하자 반대편에 앉은 사람들은 초조한 기색으로 주혁의 입만 쳐다보고 있었다. 정적이 방안을 무겁게 짓누르고 있어서 누군가가 침을 삼키는 소리가 크게 들릴 정도였다.

하지만 주혁은 쉽사리 마음을 정할 수 없었다. 이것은 일생일대의 도전이었다. 지금까지 해왔던 것들과는 차원이 달랐다. 지금 자신의 앞을 가로막고 있는 건 정말 뛰어넘기 어려운 거대한 벽이었다. 주혁은 머릿속에 조커의 모습과 정체를 알 수 없는 보스의 모습이 함께 떠올랐다.

"시나리오를 좀 볼 수 있을까요?"

"그게……."

시나리오를 읽으면 마음을 정하기가 더 쉬울 듯해서 물어본 거였다. 제안에 확실히 끌리는 부분이 있기는 했지만, 그만큼 부담감도 컸다. 그래서 그 부담감을 이겨낼 수 있는 무언가가 필요한 거였다.

하지만 크리스토퍼는 아직 시나리오는 준비가 되지 않은 상태라고 이야기했다. 원래는 다른 배트맨 시리즈를 준비하고 있었는데, 갑자기 마음이 바뀌어서 그렇다는 거였다.

"승낙을 받으면 그때부터 작업에 들어가려고 했어요. 조커 역이 확정되지 않으면 이 작품은 시작을 할 수가 없으니까요."

그러면서 크리스토퍼는 자신이 생각하고 있는 이야기를 풀어놓았다. 아직 시나리오로 쓰지는 않은 상태였지만, 그의 머릿속에는 이미 이야기가 상당히 진척되어 있었다. 그는 침을 튀겨가면서 열정적으로 이야기했다.

이야기를 들을수록 점점 주혁의 머릿속에도 어떤 이야기이고 어떤 캐릭터가 움직이는지가 그려졌다. 사실 시나리오를 보고 싶다고 이야기를 하긴 했지만, 마음은 승낙하는 쪽으로 상당히 기울어 있었다. 그런데 이야기를 듣자 그 마음이 더욱 굳어졌다.

그리고 열변을 토하고 있는 크리스토퍼를 보면서 주혁은 마음이 끌렸다. 그리고 초롱초롱한 눈으로 자신을 쳐다보고 있는 사람들의 모습에서 그들이 지금 어떤 마음인가 보였다.

저들의 마음에는 오로지 작품만 들어 있는 거였다. 다른 생각은 전혀 없고, 주혁이 조커 역을 하는 작품만 그들의 머리에 가득한 것이다. 아마도 주혁이 조커 역을 맡으면 좋겠다는 생각을 하자마자 무작정 달려왔을 것이다.

'그러니 이렇게 사전에 연락도 하지 않고 허겁지겁 달려왔을 테지.'

하기야 시나리오가 뭐 그리 중요하겠는가. 조커라는 말로 모든 것이 설명되는데 말이다. 주혁은 마음을 굳혔다. 이렇게 열정적인 사람들이라면 같이 일을 할 맛이 날 것 같았다. 그리고 조커라는 역할에 끌리기도 했고.

그리고 무엇보다도 조커라는 커다란 벽에 도전하고 싶었다. 이런 제의가 왔는데 회피한다는 건 자신답지 않은 일이었다. 지금까지 느꼈던 어떤 것보다도 높은 벽이었지만, 그럴수록 한번 해보자는 마음이 강하게 들었다.

"그런데 저 말고도 다른 배우도 있을 텐데……."

주혁의 말에 크리스토퍼는 진지한 표정으로 이야기를 해나갔다.

"처음에는 미스터 강의 이름을 들었을 때, 조커와는 어울리지 않을 거라고 생각했어요. 내가 아는 미스터 강은 미션 임파서블의 액션 스타였으니까요."

잘생긴 얼굴과 훤칠한 키. 그리고 매력적인 근육질의 몸. 어딜 봐도 주혁이 악역에 어울릴 것이라고 생각할 만한 구석이 없었다. 그래서 동생이 자신을 찾아왔을 때, 차라리 주인공으로 쓰는 게 더 나을 것이라고 말했다.

하지만 동생은 낄낄대며 웃더니 영상을 보여주었다.

그리고 크리스토퍼는 주혁의 전혀 다른 면을 보았다.

그 작품이 바로 추적자였다. 작품을 보고 나자 지금까지 가지고 있었던 생각은 모두 사라졌다.

광기가 느껴졌다. 주혁을 주인공으로만 생각했던 자신의 선입견이 산산이 부서졌다. 그리고 조커가 부활할 수 있다는 느낌이 머리를 스치고 지나갔다.

이야기를 들은 주혁은 자신을 그렇게까지 평가해 주어서 고맙다고 말했다.

"좋습니다. 한번 해보죠."

"아! 정말 다행이에요. 혹시나 거절하면 어쩌나 했는데."

주혁은 크리스토퍼와 손을 맞잡았다. 사람들의 기억 속에 잠들어 있던 조커가 다시 부활하는 순간이었다.

"저기, 출발해야 할 시간인데……."

장백이가 와서 촬영장으로 가야 할 시간이 되었다고 알렸다.

주혁은 인사를 하고는 나중에 다시 이야기를 나누자고 했는데, 크리스토퍼가 뜻밖의 제안을 했다.

"가능하다면 같이 갈 수 있을까요? 원래 한번 이야기를 시작하면 끝을 봐야 하는 성미라서."

그는 실례가 아니라면 같이 가서 계속해서 이야기를 나누고 싶다고 했다. 그리고 주혁의 연기도 직접 보고 싶다고 했고.

주혁은 흔쾌히 그러라고 답했다.

"그런데 이번 작품은 어떤 내용인가요?"

주혁은 말로 설명을 하다가 그것보다는 시나리오를 보여주는 편이 좋겠다고 생각했다. 시나리오를 받은 크리스토퍼는 촬영장으로 이동하는 동안 시나리오를 살폈다. 다른 일행에게도 시나리오를 주었는데, 크리스토퍼는 시나리오를 읽다가 가끔 동생과 의견을 나누기도 했다.

"한 번에 쭉 읽히는군요. 흡입력이 있어요."

시나리오를 내려놓으면서 크리스토퍼가 처음으로 한 말이었다. 그는 캐릭터가 살아 있어서 흥미로웠고, 장면이 시각적으로 잘 표현이 되어서 읽는 내내 즐거웠다고 말했다.

"특히 소리가 눈에 보인다는 게 무척 흥미롭네요. 나중에 꼭 보고 싶어요."

확실히 감독이라서 그런지 보는 시각이 조금 달랐다. 보통 사람들은 내용에 관해서 이야기를 하는 경우가 대부분인데, 크리스토퍼는 읽으면서 어떻게 영상화를 할지 그리고 있었다.

"확실히 감독은 보는 시각이 다르군요."

"직업병 같은 거죠. 뭐든지 어떻게 영상화를 할까 항상 생각하니까요."

그는 읽는 재미도 있고, 상상하는 즐거움도 있어서 아주 흥미로웠다고 했다. 글로 읽었을 때 재미있는 시나리오가 있고, 작품으로 만들었을 때 재미있는 시나리오가 있다. 크리스토퍼는 글 자체로도 흥미로웠고, 작품으로 만들어졌을 때도 괜찮아 보인다고 말한 거였다.

주혁은 자신의 작품에 호평을 해주니 기운이 부쩍 나는 것 같았다. 상대는 세계적인 감독이다. 지금 한 말이 그저 립 서비스에 불과할지도 모르지만, 적어도 표정을 봐서는 그런 것 같지는 않았다.

그리고 프로듀서나 마케팅을 하는 사람들이야 립 서비스를 입에 달고 살지만, 현장에서 일하는 사람들은 그런 사람이 많지는 않다. 물론 사람에 따라서 다른 거긴 하지만.

아무튼, 주혁은 아주 즐거운 기분으로 촬영장에 도착했다. 그리고 주혁이 크리스토퍼와 같이 오자 사람들이 웅성거렸다. 크리스토퍼를 알아본 사람들이 생각보다 많았다.

일반인들이야 감독 얼굴은 잘 모르지만, 영화 쪽 일을 하는 사람들은 대부분 크리스토퍼의 얼굴을 알았다. 세계적인 감독이 촬영장을 찾아오자 배우들도 바짝 긴장을 했다.

"자, 자. 빨리 준비들 합시다."

잠시 소란스러웠던 현장 분위기는 주혁의 말 한마디에 확 바뀌었다. 그리고 일단 촬영에 들어가자 전처럼 집중력 있는 모습을 보여주었다.

주혁은 중간중간 크리스토퍼와 조커와 관련된 이야기도 나누었고, 지금 촬영하고 있는 작품에 관해서도 대화를 나누었다. 확실히 세계적으로 명성을 얻고 있는 사람에게는 특별한 무언가가 있었다.

이야기를 나누면서 상당히 많은 점을 배울 수 있었고, 많은 걸 생각하게 되었다. 그리고 감독으로서 필요한 것에 대해서도 조언을 받았는데, 그것도 많은 도움이 되었다.

"감독마다 스타일이 있으니 무조건 다른 감독이 하는 걸 따라 하는 건 옳지 않다고 봐요. 그러니까 내가 하는 이야기도 그냥 참고 정도로 생각하는 게 좋을 겁니다."

"예, 잘 알겠습니다. 그래도 굉장히 큰 도움이 된 것 같네요."

크리스토퍼는 주혁이 감독으로서는 첫 작품이라는 게 쉽사리 믿어지지 않았다. 배우일 때와 감독일 때는 분명히 다르다. 아무리 배우로서 많은 작품을 촬영했다고 해도, 좋은 감독이 될 수는 없다.

하는 일 자체가 다르기 때문이다.

하지만 주혁은 분명한 강점을 가지고 있었다. 자신이 생각하는 방향이 뚜렷했다.

사실 그건 굉장히 중요한 일이다. 감독은 작품의 방향을 결정하는 사람이다. 그래서 다른 사람은 흔들리더라도 감독은 절대로 흔들려서는 안 된다.

그러면 작품 전체가 망가진다. 그런데 초보 감독은 갈피를 잡지 못하고 흔들리는 경우가 많다. 경험이 부족해서 그런 것이다.

하지만 주혁은 그런 게 없었다. 오늘 보여준 모습만 본다면 적어도 몇 편은 찍어본 중견 감독과 같은 느낌이 들었다. 작품에 대한 방향성이 뚜렷해서 촬영장에 있는 사람들에게 작품의 방향이 이러하다는 걸 일관되고 적절하게 알려주고 있었다.

"다시 촬영에 들어가야겠네요."

주혁은 대화를 멈추고 다시 일을 하기 위해 자리로 돌아갔다. 주혁은 주혁대로 많은 도움을 받고 있었다. 아는 건 많았지만, 아무래도 감독으로서의 경험은 일천했다. 그래서 크리스토퍼가 해주는 이야기가 정말로 큰 도움이 되고 있었다.

감독으로서 한 단계는 업그레이드가 된 느낌이랄까. 확실히 지금까지는 감독이라기보다는 연출을 잘 아는 배우라는 생각이 강했는데, 이제는 조금이나마 감독에 한 발자국 정도는 가까이 간 것 같았다.

*　　　*　　　*

"LA로 가는 건 차질 없이 준비가 되고 있겠지?"

"예, 보스."

오드아이가 주저하지 않고 대답했다. 보스는 검은색 장갑을 낀 손으로 책상을 톡톡 두드리고 있었다.

"이태영은 언제 온다고 하던가?"

"아마 한두 시간 안에 도착을 할 겁니다."

보스는 고개를 끄덕였다. 확실히 서두른 보람이 있었다. 6개월은 걸릴 것이라고 예상했지만, 그보다는 준비가 조금 앞당겨질 것으로 보였다. 오늘 이곳에 오게 되면 마지막 작업을 할 것이다.

'그렇게 되면 모든 준비가 끝나는 것이지.'

보스는 슬며시 미소 지었다. 이제 모든 것이 자신의 뜻대로 될 것이라는 생각을 하니 가슴이 마구 뛰었다. 이제 상자를 모두 모으고 망가진 육체를 바꿀 수 있다는 생각에 저절로 웃음이 터졌다.

"쿨럭쿨럭."

갑작스러운 기침 소리에 오드아이가 깜짝 놀랐다. 보스가 격한 기침을 해댔는데, 그의 입가에는 핏자국이 보였다.

"보스."

"소란 떨지 마라. 별일 아니다."

보스는 오드아이에게 나가보라고 말했다. 오드아이는 걱정이 가득한 표정을 했지만, 보스의 말대로 밖으로 나갔다.

"너무 무리를 했나 보군. 하지만 이제 상관없다. 모든 것이 조만간 끝날 테니까."

상자를 모두 모으게 되면 자신의 육체를 완벽한 상태로 바꿀 수 있다. 그리고 부가적으로 얻게 되는 영원한 젊음. 어떤 사람이 그 유혹에서 자유로울 수 있겠는가.

오래 사는 게 좋은 것만은 아니다. 골골거리면서 오래 살아간들 그런 삶에 무슨 낙이 있겠는가. 하지만 완벽한 상태로 몸이 바뀌고 영원한 젊음을 얻을 수 있다면 이야기는 달라진다. 거기다가 엄청난 부와 권력도 가질 수 있으니 부러울 게 없는 삶이다.

"이제 몇 달만 잘 넘기면 된다. 그러면 모든 것이 나의 뜻대로 되는 거야."

보스는 상자를 얻기 위해서는 결국 주혁을 제거해야 한다는 사실을 잘 알고 있다. 하지만 상대는 상자를 세 개나 가지고 있는 인물. 그런 자를 상대하는 게 쉬울 리 없다. 하지만 자신의 생각대로 일이 흘러간다면 결국 마지막에 웃는 것은 자신이 될 것이다.

"아직까지는 내가 생각하는 대로 흘러가긴 했는데……."

자신에게 필요한 건 시간이었다. 그리고 그 시간 동안 주혁이 성장하지 못하게 해야 했다. 주혁이 강해지면 강해질수록 자신에게는 불리하니까.

"이태영만 준비가 끝나면 바로 작업에 들어가야겠어."

보스는 검은 장갑을 낀 손을 꽉 쥐었다.

그리고 그가 살고 있는 햄튼의 저택을 멀리서 바라보는 남자가 있었다. 무척이나 나이가 많아 보이는 남자였다.

"오랜만이군. 실비아는 잘 있을까?"

알란은 더 아메리칸 호텔의 실비아를 떠올렸다. 자신이 보석함을 선물한 여자. 그 당시에는 정말 아름다운 아가씨였지만, 아직 살아 있다면 주름이 자글자글한 노파가 되어 있을 것이다.

알란은 빨리 일이 마무리되었으면 좋겠다고 생각했다. 자신의 수명이 얼마 남지 않았다는 걸 알고 있었기 때문이었다.

"올해를 넘기지 못하니 가능하면 빨리 일이 마무리가 되었으면 좋겠는데……."

알란은 자신이 올해를 넘기지 못하고 죽을 것이라는 걸 알고 있었다. 그래서 자신의 아이와 조금이라도 더 많은 시간을 같이 있고 싶었다.

"주혁이 잘하겠지. 운명이 바뀌기 시작했으니 분명히 결과가 바뀔 것이야."

노인은 보스가 살고 있는 저택을 물끄러미 바라보다가는 이내 발걸음을 옮겼다.

"실비아나 한번 봐야겠군. 아직 살아 있다면 말이야."

노인은 차에 타고는 기사에게 더 아메리칸 호텔로 가라고 이야기했다. 그리고 주인에게 실비아의 이야기를 물어보았다.

"어머님을요?"

"그렇다네. 예전에 나도 이곳에 살았었거든."

주인은 혹시나 하는 마음에 알란을 집으로 안내했다.

그리고 실비아는 알란을 보자마자 그 자리에 굳었다.

"알란? 알란 맞죠?"

"그래, 실비아. 예전 모습 그대로군그래."

실비아는 눈물을 글썽이면서 알란에게 다가왔다. 그리고 떨리는 손으로 알란의 얼굴을 쓰다듬었다.

"왜 이제야 왔어요? 얼마나 보고 싶었는데."

"일이 좀 많아서. 그래도 얼굴을 볼 수 있으니 된 거지."

실비아는 마치 십 대 소녀가 된 것처럼 수줍어했다. 알란은 당분간은 이곳에 있을 예정이니 걱정하지 말라고 하고는 자리에서 일어났다.

"그럼 여기에 계속 있을 건가요?"

"올해까지는 그럴 거야. 앞으로는 자주 볼 수 있을 테니 푹 쉬라고."

"그래요. 이게 꿈이라도 좋아요. 꿈이라면 영원히 깨지 않았으면 좋겠어요."

"오늘은 이만 쉬라고. 내일 다시 올 테니까."

알란은 밖으로 나왔다. 그의 뒷모습을 보면서 실비아는 마냥 행복한 표정으로 제자리에 서 있었다.

*　　　*　　　*

주혁은 조커 배역을 제의받았을 때보다도 더 긴장하고 있었다. 드디어 보스의 정체를 확인할 수 있기 때문이었다. 공항 안은 수많은 사람들로 붐볐지만, 가볍게 변장을 한 주혁을 알아보는 사람은 없었다.

'도대체 어떤 사람일까?'

도착 시각은 오드아이에게 들어서 알고 있었다. 그것만 알고 있으면 보스를 알아보는 건 어렵지 않은 일이었다. 보스는 오드아이와 셰도우를 데리고 다녔으니까. 오드아이와 셰도우는 이미 주혁이 알고 있다. 그러니 보스를 알아보는 건 전혀 문제가 없었다.

주혁은 쉴 새 없이 전광판과 시계를 확인했다. 촬영을 할 때는 그렇게 빨리 가던 시간이 이럴 때는 왜 이렇게 흐르지 않는 것인지 모르겠다고 중얼거리면서.

'게이트도 확인했고, 이 정도 위치면 나오는 사람의 시선에는 걸리지 않을 테고.'

주혁은 시간이 다가오자 마지막으로 자신의 주변을 살폈다. 사람들 속에 섞여 있어서 전혀 이상한 점을 느낄 수 없었다. 자신이 능력을 사용한다는 게 걸린다면 모르겠지만, 그렇지 않다면 보스는 자신이 무슨 일을 당했는지도 모를 것이다.

지루했던 시간이 흐르고 드디어 사람들이 쏟아져 나오기 시작했다.

주혁은 눈을 크게 뜨고 선글라스 너머로 오드아이와 셰도우가 어디에 있는지 확인했다.

하지만 한참이 지나도 그들의 모습은 보이지 않았다.

'이거 무슨 일이 있는 거 아냐?'

워낙 중요한 일이라서 그런지 온갖 생각이 다 들었다. 이곳으로 오기 전에 혹시 들킨 것이 아닌가 하는 생각마저 들었다. 그런 생각을 하다 보니 이태영이 함께 오지 않는다는 것도 자꾸 걸렸다. 무슨 일인지는 모르겠지만, 주요 인사들은 모두 데리고 움직이고 있었다.

그런데 유독 이태영만 일행에서 제외가 되었다. 자신이 잘 모르는 사정이 있을 수도 있었지만 자꾸 불안한 생각이 들었다.

하지만 그런 생각은 저 멀리서 셰도우와 오드아이의 모습이 보이자 모두 날아가 버렸다.

아마도 번거로운 것이 싫어서 가장 늦게 내린 모양이었다. 주혁은 그럴 수도 있다고 생각했다. 보아하니 보스는 사람들과 접촉하는 걸 무척 꺼리는 것 같았다. 그런 성격이 이런 상황에서도 나오는 것이다.

주혁은 누가 보스인지 자세히 살폈다. 하지만 자세히 볼 필요도 없었다. 오드아이와 셰도우를 좌우에 거느리고 걸어오고 있는 남자가 바로 보스라는 걸 알 수 있었다. 누가 그 두 사람을 거느리고 다닐 수 있겠는가.

주혁은 보스가 생각보다 젊은 남자라는 걸 알 수 있었다. 그리고 예전에 보았던 용의자 세 명 중에서 자신이 보지 못한 한 명이라는 걸 알 수 있었다.

보스라고 생각되는 용의자 세 명 중에서 두 명은 햄튼의 자선 행사에서 보았다. 그런데 지금 걸어오고 있는 남자는 거기서 보지 못한 남자였다. 가장 젊고 무척이나 건장했다. 조금 특이한 점이라면 손에 검은 장갑을 끼고 있다는 거였다.

'니가 보스구나.'

주혁의 눈빛이 매섭게 빛났다. 보기에는 굉장히 신사답고 남자답게 생겼다. 선이 굵고 호방한 기세까지 느껴졌다. 키도 훤칠한 것이 연예인이라고 해도 사람들이 믿을 정도였다. 하지만 주혁은 그가 얼마나 추악한 일들을 벌여왔는지 잘 알고 있다.

로저 페이튼과 다른 자들의 기억을 보았으니까. 자신이 직접 손을 쓴 경우는 많지 않았지만, 지시를 한 자가 그였으니 책임을 피할 수는 없는 일이다. 그리고 지금이야 다른 자들을 시켰겠지만, 예전에는 직접 자신이 손을 썼을 것이다.

그런 사실을 느낄 수 있었다. 측근에게 지시를 하는 모습에서 이미 그런 추악한 행동을 수없이 해보았다는 걸 알 수 있었다. 하지만 그런 것도 이제 모두 끝낼 수 있게 되었다.

'자, 상자를 어디에 숨겼는지 볼까?'

주혁은 2층에서 가만히 보스를 내려다보았다. 그리고 자신의 바로 아래로 다가오기를 기다렸다. 그리 부담스럽지 않은 거리였다. 그리고 지금까지 충분히 수련을 했으니 보스의 기억을 확인할 수 있을 것이라고 생각했다.

'어차피 무슨 일이 있더라도 여기서 나에게 무슨 짓을 할 수는 없지. 그러니 무리를 해서라도 기억을 확인한다.'

보스는 오드아이나 셰도우와는 차원이 다른 존재다. 그러니 어떤 어려움이 있을지 모른다. 강한 저항이 있을 수도 있고, 다른 힘이 방해를 할 수도 있다.

그래서 주혁은 목표를 명확하게 했다.

오로지 상자의 위치만 확인한다는 생각이었다.

그런 생각을 하는 사이 보스는 사람들을 거느리고 보무도 당당하게 걸어오고 있었다.

그리고 주혁이 있는 바로 앞을 지나갔다.

주혁은 정신을 집중하고 능력을 사용했다.

화아악~

어느 때보다도 강렬한 빛이 주혁의 눈에서 뿜어져 나갔다. 그 빛은 보스의 머리를 향해서 곧장 날아갔고, 그의 머리에 닿았다. 하지만 역시 보스라서 그런 것일까? 빛은 쉽사리 안으로 들어가지 못했다.

공항 안은 소리마저 멈춘 세상이었다. 사람들은 조각처럼 제자리에 굳어 있었고, 비행기도 공중에 멈추어 있었다. 오로지 캘리포니아의 따사로운 햇볕만이 쏟아져 들어오고 있을 뿐이었다.

'저항이 강하기는 하지만 뚫지 못할 정도는 아니야.'

주혁은 직감할 수 있었다. 충분히 뚫을 수 있다는 느낌이 왔다. 그리고 약간의 시간이 지나자 주혁이 예상한 것처럼 보스의 머릿속으로 들어갈 수 있었다.

주혁은 가슴이 두근거리고 호흡이 가빠지는 느낌이 들었다. 실제로는 그럴 수가 없는 상황이다. 자신도 다른 사람들과 마찬가지로 멈추어 있었고, 의식만 살아 있는 상황이었으니까. 그래서 자신의 기운만 움직일 수 있었지, 몸은 움직일 수 없었다.

하지만 워낙 중대하고 엄청난 일이라서 그런 기분이 되었다.

주혁은 조심스럽게 보스의 기억을 뒤지기 시작했다.

그런데 조금 지나가 무언가 이상하다는 생각을 하게 되었다.

'뭐지? 기억이 왜 이렇게 없는 거지?'

무언가를 숨긴 게 아니었다. 기억 자체가 거의 없었다. 마치 최근 며칠만 산 사람 같았다. 주혁은 너무 당황스러워서 잠시 멍하니 있었다. 그동안 보아왔던 자들의 기억과는 너무나도 달라서였다.

'내가 모르는 무언가가 있는 건가?'

갈피를 잡을 수 없으니 자꾸 이런저런 생각만 들었다. 하지만 언제까지 생각만 하고 있을 수는 없었다. 능력을 사용하는 게 시간을 무한정 사용할 수 있는 건 아니었으니까. 지금 이 순간에도 자신의 기운은 빠르게 소모되고 있었다.

'일단 무의식을 뒤져 보자.'

주혁은 보스의 무의식으로 들어갔다. 하지만 그곳에도 별다른 게 없었다. 자신이 지금 본 것으로만 판단하자면 이자는 백치나 다름없었다. 하지만 전혀 그렇게 보이지 않았다.

'설마 이자의 수준이 나보다 높은 건가? 그래서 이자가 숨겨놓은 것들이 나에게는 보이지 않는 건가? 아니면 그의 특수한 능력?'

어떤 것이 진실인지는 알 수 없었다. 문제는 이대로라면 아무것도 건질 수 없다는 거였다. 그런데 뭐라도 보이는 게 있어야 방법을 강구할 텐데, 보이는 것 자체가 없으니 뭘 어떻게 해야 할지 알 수가 없었다.

'젠장, 뭐지? 어떻게 해야 하지?'

사람이라면 이런 기억만 가지고 있을 수는 없다. 그렇다면 자신이 모르는 무언가가 있는 것이다.

주혁은 결정을 내려야 했다.

'포기하자.'

지금은 자신이 어떻게 할 방법이 없었다. 그리고 자신이 경지는 더 높다고 생각했다. 보스의 머릿속으로 들어오는 것이 셰도우나 오드아이보다는 어려웠지만, 생각보다는 어렵지는 않았으니까. 그래서 지금 기억이 보이지 않는 것이 보스의 특수한 능력이라고 생각했다.

'알란과 마찬가지로 정신 계열의 능력이 발달한 자인 것 같아.'

기억을 봉인하는 것이나 여러 정황으로 볼 때, 정신 계열의 능력이 주특기로 보였다.

주혁은 이 정도 확인한 것에서 멈추기로 했다. 일단 보스의 정체도 확인했으니 성과가 전혀 없었던 건 아니라고 생각하면서.

생각을 정리하자 곧바로 능력을 거두어들였다. 빛은 빠르게 주혁의 눈으로 되돌아왔고, 빛이 모두 사라졌을 때, 세상은 다시 정상 속도로 움직이기 시작했다.

와글거리는 소리와 바삐 움직이는 일상의 몸짓이 세상을 뒤덮었다. 살아 있다는 것이 느껴지기도 했고, 번잡하다는 느낌이 들기도 했다.

주혁은 조금 허탈했다. 잔뜩 기대를 했는데, 사실상 허탕을 친 거나 마찬가지였으니까.

그나마 그동안 알 수 없었던 보스의 정체를 알게 된 것이 가장 큰 수확이었다. 그런데 왜 갑자기 그가 LA에 모습을 드러냈는지가 궁금했다. 오드아이는 자세한 내용은 보스만이 알고 있다고 했다.

측근들에게까지 숨긴 거라면 무언가 대단히 중요한 일이 있다는 거였다. 처음에는 자신을 찾아와서는 제대로 붙어보려는 것이 아닌가 싶었다. 하지만 그건 아니었다. 그가 다니는 동선을 확인해 보니 자신과는 전혀 상관이 없었다.

"도대체 보스가 가지고 있는 능력은 뭐지?"

아마도 한두 가지가 아닐 것이다. 자신보다 훨씬 오랜 시간을 살아온 사람이었고, 그만큼 상자와도 오랜 시간을 보냈으니까.

하지만 중요한 건 아직은 자신이 유리하다는 거였다. 상자를 세 개나 가지고 있었고, 경지도 자신이 높다고 보였다.

"그리고 만약의 경우가 되더라도 나는 다시 부활할 수 있지. 그것보다 큰 무기는 없는 거야."

그것이 무너지지 않는 이상 자신이 지려고 해도 질 수 없다고 생각했다.

하지만 상자를 몰래 빼돌리는 평화적인 방법을 사용하는 건 아마도 어려울 듯했다. 보스의 특수한 능력 때문에 상자의 위치를 확인할 수 없었으니까.

"결국은 피를 봐야 한다는 건가?"

피를 보는 것이 두렵지는 않다. 주혁이 선량한 품성을 가지고 있긴 하지만, 나약해 빠진 그런 사람은 아니었으니까. 맞서 싸울 일이 있으면 용맹하게 나서는 것이 주혁이었다. 가능하면 그런 상황은 피하고 싶었지만, 어쩔 수 없는 상황이 된다면 주저하지는 않을 것이다.

"꼭 봐야 한다면 그래야겠지."

주혁은 공항 밖으로 걸어 나가는 보스 일행을 보면서 중얼거렸다.

*　　　*　　　*

크리스토퍼는 며칠 동안 주혁과 이야기를 나누었다. 촬영을 하면서 짬짬이 대화를 해야 해서 실제로 이야기를 나눈 시간은 많지 않았다. 하지만 시간이 짧았다고 둘 사이에 오간 이야기의 무게가 가벼운 건 아니었다.

주혁은 크리스토퍼와 어떤 식으로 작업을 할지를 논의했는데, 이야기는 촬영이 끝난 저녁까지도 이어졌다. 그리고 그 시간 동안 그들이 만들어낼 조커의 큰 틀이 점점 잡혔다. 시간이 지날 때마다 철사 뼈대에 찰흙이 붙어서 점차 제 모습을 갖추어 나가는 그런 느낌이었다.

"좋군요. 이렇게 이야기가 잘 통할 줄 알았으면 진즉 만날 걸 그랬어요."

"저도 덕분에 많이 배웠습니다."

둘은 굳게 손을 잡았다. 이야기를 나눈 건 단 며칠이었지만, 몇 년간 알고 지내온 느낌이 들었다. 서로 통하는 게 있어서 그런 거였다.

"이 녀석이 그 녀석인가 보군요."

크리스토퍼는 주혁의 옆에 있는 미래를 보면서 물었다. 미래도 자기 이야기를 하는 줄 아는지 꼬리를 휙휙 흔들었다.

"정말 크군요. 그런데 무척 착해 보여요. 그리고 굉장히 묘한 분위기가 있군요."

그는 무언가 이야기가 떠오르는 듯 지긋한 눈으로 미래를 바로 보았다. 미래도 자신을 쳐다보는 눈길을 느꼈는지 고개를 들더니 크리스토퍼를 바라보았다.

그들의 묘한 대면이 계속 이어지지는 않았다. 밖에서 사람이 들어왔기 때문이었다. 크리스토퍼는 내용을 정리해서 다시 오겠다고 하고는 떠났다.

그가 나가자 주혁은 미래의 머리를 쓰다듬으면서 고민에

빠졌다. 보스와 어떤 식으로 해결을 해야 할지 좋은 생각이 떠오르지 않아서였다.

"상자만 모두 갖게 되면 끝날 거라고 생각했는데……."

그것이 불가능해진 지금, 무언가 다른 것이 필요했다. 피를 보는 건 정말 최후에나 할 수 있는 방법.

주혁은 상자의 위치를 알고 있는 사람이 누가 있을까 고민했다.

"일단 상자에 관해서 잘 알고 있는 사람이 또 있는지 찾아보자."

오드아이나 셰도우의 기억을 더 살펴서 그런 사람이 혹시 있는지 찾아보아야겠다고 마음먹었다. 의외로 비밀은 작은 곳에서 새어 나가는 법이다. 가정부나 운전기사, 아니면 집사와 같은 사람 중에 혹시 무언가 단서를 가지고 있는 사람이 있을 수도 있으니까.

"감독님. 이제 출발하셔야 할 것 같은데요?"

"그래? 알았어."

주혁은 자리에서 일어났다. 그리고 지금 자신의 앞에 있는 여러 가지 일들을 떠올렸다. 감독과 주연을 동시에 하는 지금 작품. 그리고 명연기로 사람들의 뇌리에 박혀 있는 조커의 연기. 마지막으로 자신과 숙명의 대결을 펼쳐야 하는 보스.

어느 것 하나 쉬운 건 없었다. 하지만 피할 수는 없었다. 그것들과 정면으로 부딪쳐야 하는 건 숙명이었다.

"어느 때보다도 힘든 시간이 되겠어."

하나하나가 모두 힘겨운 도전이었다. 하지만 그런 걸 뛰어넘었을 때, 진정한 희열을 느낄 수 있지 않겠는가. 주혁은 주먹을 꽉 쥐고는 문을 열고 나갔다. 자신을 기다리고 있는 세상을 향해서.

CHAPTER **76**
충돌

실망스러운 결과였다. 상황을 깨끗하게 정리할 수 있을 것이라고 생각했었는데, 아무것도 바뀐 건 없었다. 그나마 보스의 얼굴을 확인했다는 정도가 성과였다고 할까. 하지만 얼굴을 안다고 해서 바뀌는 건 없었다.

"상자가 어디에 있는지를 모르면 의미가 없어."

얼굴을 몰라도 상관없었다. 상자만 자신의 손에 모두 있으면 상황이 끝나는 거였으니까. 그래서 아까웠다. 이번에는 상자를 모두 모을 수 있다고 생각했었으니까.

"생각할수록 아깝네. 어디에 있는지만 알면 되는데……."

자신의 기억을 감출 수 있다니. 설마 그런 능력을 가지고 있을 줄이야 누가 알았겠는가.

하지만 고무적인 일도 있었다. 오드아이로부터 꾸준히 연락이 온다는 거였다.

그래서 상대방의 움직임을 속속들이 알 수 있었다. 언제 어디로 움직이고 어떤 일정이 있는지를 모두 알 수 있었다.

하지만 보스는 거의 움직이지 않는다고 보면 되었다. 이번에 LA에 온 것도 아주 이례적인 일이었다. 로저 페이튼이 사망을 해서 그것과 관계된 일 때문에 온 거였다.

자금 문제를 무시할 수 있는 사람이 어디 있겠는가. 제아무리 특수한 능력이 있는 사람이라도 돈이 없으면 그 힘은 확연하게 줄어든다. 아마도 원래 가지고 있던 영향력의 절반에도 미치지 못할 것이다.

물론 쉽게 만회할 수는 있을 것이다. 그만한 능력을 가지고 있으니까. 하지만 관리를 잘하면 되는데, 그런 수고를 할 이유는 없다. 그래서 보스가 자금과 관련해서 일을 처리하기 위해서 LA에 온 거였다. 그리고 주혁이 자신을 보고 갔다는 사실은 전혀 모르는 것 같다고 했다.

오드아이라고 하더라도 보스의 머릿속을 들어갔다 나올 수는 없으니 짐작만 할 뿐이었지만, 공항에서 나온 이후로 특이한 건 없었다고 하니 그럴 가능성이 높았다. 주혁은 이 정도면 큰 문제는 없다고 생각했다.

적의 정보를 알고 있다는 건 엄청나게 유리한 위치를 점하고 있는 것이다. 그리고 상대는 아직 자신의 능력을 눈치채지 못하고 있는 것 같으니 그 점도 다행이라고 여겼다.

'오드아이에게 상당한 기운을 사용했지만, 덕분에 이렇게 중요한 정보들을 빼낼 수 있으니 남는 장사라고 봐야지.'

그리고 주혁은 상대의 움직임을 감시하는 인력도 더욱 강화했다. 윌리엄 바사드가 사람들을 더 풀어서 햄튼과 그들의 본거지에 대한 감시를 게을리하지 않았다.

덕분에 주혁은 촬영에 집중할 수 있었다.

"오케이."

주혁은 기분 좋은 표정으로 외쳤다. 이제는 배우들이 자신의 캐릭터를 완벽하게 이해하고 있었다. 그래서 초반에 비해 연기 몰입도가 훨씬 좋았다.

당연한 일 아니겠는가. 자신이 맡은 캐릭터에 대한 이해도가 높아지니 연기에 그만큼 집중할 수 있게 된 것이다.

"그리고 그만큼 깊이 있는 연기가 나오는 것이고. 그렇지 않나?"

피터가 앞으로 다른 작품도 이렇게 촬영을 할 수 있으면 좋겠다고 이야기했다. 모든 배우들이 같이 성장하는 느낌이 들었다. 시나리오 순서대로 촬영하는 방식이 이렇게까지 효과가 큰 것인 줄 처음 안 것이다.

"자네는 참 신기한 친구야. 하는 일마다 평범하지 않은 결과를 가져오거든."

피터는 신기하다는 표정으로 주혁을 바라보았다.

정말 신기한 사람이었다. 세상에 이렇게까지 혜성처럼 나타난 인물이 있을까 싶었다. 반짝 스타야 얼마든지 있다. 그런 별들이 나타났다 사라지는 곳이 할리우드다.

하지만 강렬한 빛을 내뿜으면서 계속해서 빛나는 별은 거의 없다. 슈퍼스타들도 공백기가 있다. 하지만 피터가 보기에는 주혁은 한국에서 성공 가도를 달리기 시작하면서부터 지금까지 공백기가 전혀 없는 것 같았다.

그러기는 정말로 쉽지 않은 일이었다. 물론 운도 많이 따라주었다는 걸 안다. 여러 사건이 도움을 주었고, 영화가 개봉할 때에 맞추어 방송에 많이 언급되어서 많은 인기를 끈 것도 분명히 사실이었다.

하지만 운도 실력이다.

아니, 오히려 실력도 있는데, 운까지 따라주는 사람이라서 더 무서운 거라고 볼 수도 있다.

그런 사람을 누가 막을 수 있겠는가.

그래서 피터는 주혁이 어디까지 뻗어 갈 수 있을지 궁금했다.

"영화가 어디 혼자서 만드는 건가요. 좋은 사람들이 모였으니까 좋은 결과가 나오는 게 당연한 거죠."

주혁의 말을 들은 피터는 코웃음 쳤다. 이 멋지게 생긴 인간은 말도 참 잘한다고 투덜거리면서.

거기다가 단순한 겉치레로 하는 말이 아니라 진심으로 느껴진다는 게 주혁의 강점이었다.

주변을 보면 안다. 지금 이 말을 듣고는 웃으면서 몸에 힘이 들어가는 스태프들이 한둘이 아니다.

자신은 죽었다 깨나도 이런 스타일이 될 수는 없을 거라고 피터는 생각했다. 그런 주혁이 부럽기도 했지만, 이내 다음 연기에 신경을 썼다. 그런 걸 부러워하는 마음은 사춘기 시절에 접었다. 사람은 누구나 그 사람만의 그릇이 있다는 걸 깨달았으니까.

영화도 마찬가지다. 누구나 주연이 되고 싶지만, 모두가 주연이 될 수는 없다. 누군가는 조연을 하고 누군가는 엑스트라를 해야 한다. 그렇다고 왜 자신이 엑스트라냐고 하소연해 봐야 소용없는 일이다.

노력을 하고 실력을 키워서 주연 자리를 꿰차든가, 아니면 자신의 처지에 맞추어 본분에 충실하면서 살아가야 한다. 그게 세상이다. 모든 축구 선수가 펠레나 마라도나가 될 수는 없는 일 아닌가.

'요즘은 호날두나 메시라고 해야 하나?'

꿈과 현실은 다르다. 하지만 현실이 비루하다고 꿈까지 그럴 필요는 없다. 꿈꾸지 않는 사람은 결코 성공할 수 없다. 자신도 비록 작은 키에 볼품없는 외모를 가졌지만, 꿈이 있었기에 지금 이 자리까지 올 수 있지 않았던가.

그리고 좋은 작품을 만나서 많은 사람들의 인정과 사랑을 받고 있다. 그리고 이 작품을 통해서 더욱더 큰 성공을 할 수 있으리라 생각했다. 그만큼 이 작품은 매력적이었고, 감동적이었으니까.

"왜 그런 표정으로 봐요? 무슨 할 얘기 있어요?"

"아니, 자네가 부러워서."

"갑자기 그게 무슨 엉뚱한 소립니까. 참, 왕좌의 게임 촬영이 언제부터죠?"

"아직은 멀었지. 하반기나 되어야 하니까."

왕좌의 게임이 낳은 최고의 스타라고 한다면 피터를 꼽을 수 있었다. 왕좌의 게임은 멋지고 개성 강한 캐릭터들의 향연이라고 할 수 있지만, 주혁이 보기에 그중에서도 가장 멋진 캐릭터는 바로 피터였다.

그가 연기하는 티리온 라니스터는 정말 최고였다. 그 이미지가 강해서 지금 작품의 캐릭터가 묻힐까 걱정이 될 정도였다. 그만큼 사람들에게 강렬한 이미지는 심어주었다.

하지만 역시나 피터는 훌륭한 연기자였다. 그 작품의 이미지가 전혀 생각나지 않는 연기를 보여주었다. 그리고 그뿐만 아니라 다른 연기자들도 모두 훌륭한 역량을 보여주었다. 한국에서 온 연기자와 아이돌도 그들의 역할을 충실하게 해냈다.

지금처럼만 촬영이 진행된다면 정말 바랄 것이 없을 정도였다. 그만큼 분위기가 좋았고, 연기도 다들 물이 오른 게 보였다.

"촬영 시작하겠습니다."

조감독이 사람들에게 촬영 시작을 알리면서 돌아다녔다.

주혁은 그 모습을 보면서 자신의 자리로 천천히 걸어갔다. 이제는 눈치만으로도 서로의 의사를 알 수 있을 정도로 가까워진 사람들 사이를.

*　　　*　　　*

"잠깐 쉬었다가 합시다."

분위기가 좋다고는 하지만 항상 촬영이 순조로운 건 아니다. 유달리 NG가 많이 나오는 장면도 있고 다치는 배우가 생기기도 한다. 컨디션이 좋지 않은 경우는 이루 말할 수도 없고.

감독은 그런 걸 모두 고려해서 현장을 컨트롤해야 한다.

그리고 그 가운데에서 최선의 결과물을 뽑아내는 게 감독의 역량이다.

주혁은 아직까지는 그런 면에서는 조금 부족하다고 생각되었다. 이런 건 머릿속으로 생각한다고 되는 문제가 아니다. 경험이 없이는 해결되지 않는 그런 영역이다.

지금도 그렇다. 갑자기 발을 삔 배우가 생겼다. 계단을 오르다가 접질렸는데, 다행스럽게도 큰 부상은 아니었다. 하지만 당장 천연덕스럽게 걸어 다닐 수 있는 상황은 아니었다. 일단 응급조치를 취하기는 했는데, 상태를 조금 봐야 할 것 같았다.

"잠깐 쉬었다가 발 상태를 보고 괜찮을 것 같으면 진행하고, 아니면 다음 장면부터 먼저 가자고."

"예, 그렇게 준비하겠습니다."

조감독을 비롯한 스태프들이 고개를 끄덕였다. 주혁은 다친 배우를 보기 위해서 걸어가다가 바지춤에서 진동이 오는 것을 느끼고는 주머니에서 핸드폰을 꺼냈다. 오드아이의 전화였다. 주혁은 사람이 없는 곳으로 발걸음을 옮기면서 전화를 받았다.

"무슨 일이지?"

─급한 일이 있어서 연락했습니다.

주혁은 심상치 않다는 느낌을 받았다. 그동안 보스는 햄튼의 저택에서 꼼짝하지 않고 있어서 안심을 하고 있었는데, 이렇게 급하게 연락을 한 걸 보면 무언가 일이 터진 게 분명했다.

─보스가 공격을 결심했습니다.

주혁은 드디어 올 게 오는구나 싶었다. 그동안 너무 조용하다 싶기는 했다. 어차피 서로가 한 번은 승부를 내야 한다는 사실을 알고 있었다. 그래서 언젠가는 보스가 자신을 공격하리라는 걸 알고 있었다.

주혁은 촬영을 하면서 계속해서 수련에 매진하고 있었다. 촬영이나 끝나고 나서 행동을 해도 할 작정이었으니까. 그런데 역시나 보스가 먼저 움직이기로 결정했다.

"언제지? 공격하기로 한 때가?"

—정확하게 보름 뒤입니다.

"보름 뒤?"

주혁은 보름 뒤에 무슨 일이 있는지 살펴보았다. 촬영 일정을 보니 열흘 뒤에 매사추세츠 주로 이동할 예정이었다. 버클리 음대에서 촬영이 있었고, 여러 명소에서의 촬영이 예정되어 있었다.

"보름 뒤라……."

특별한 일정은 없었다. 적어도 촬영 중에는 특별한 움직임은 없을 것 같았다. 영화 자체가 액션이나 위험한 장면이 들어가지는 않는지라 특별히 수를 낼 만한 지점이 없었다.

"그렇다면 숙소에서 무슨 수를 부리든가 이동 중에 무언가를 하겠다는 건가?"

주혁은 어떤 계획을 가지고 있는지 물었다. 하지만 오드아이는 그것까지는 아직은 알려주지 않았다고 했다.

—결전의 날이 다가왔으니 준비에 만전을 기하라는 이야기만 했습니다.

주혁은 일단 알았다고 하고는 조금 더 자세한 내용을 알아서 연락하라고 전했다. 그러고는 잠시 생각을 정리했다.

"기습을 하겠다는 건데……."

최악의 경우라도 상자가 저절로 시간을 되돌릴 테니 문제는 없었지만, 굳이 그럴 필요가 있나 싶었다. 그래서 먼저 손을 쓰자는 쪽으로 생각을 했다.

"역으로 기습을 하는 게 가장 좋겠지?"

언제가 상대의 경계심이 가장 흐트러질까를 생각해 보았다. 아무래도 기습을 하기 직전이 아닐까 싶었다.

"보스턴에 도착하면 바로 감시가 붙을 테고, 그렇게 이삼일 지나면 아무래도 방심을 하겠지?"

주혁은 상대가 기습을 하기로 결정한 바로 전날이나 하루 전 정도가 적당하겠다고 생각했다. 그리고 그에 따른 준비를 해야겠다고 여겼다.

"햄튼에 있는 저택을 바로 공격하는 게 좋겠지? 그러려면 혼자서 움직이는 것보다는 인력이 좀 필요하겠어."

워낙 넓은 저택이라서 혼자서 무언가를 한다는 건 적절하지 못한 생각이었다. 필요한 인력을 모아서 급습을 해서 방비를 무력화시키고 들이닥치는 게 가장 좋은 방법일 것 같았다.

"혹시라도 도망칠 수도 있으니까 그런 것도 미연에 방지하고 말이지."

주혁이 가장 걱정하는 건 그 저택에 상자가 없고, 보스가 도망치는 거였다. 기왕 손을 쓰는 김에 이번에는 확실하게 마무리를 해야 하지 않겠는가. 그래서 저택에 상자가 있다면 좋지만, 만약에 없는 경우도 생각해서 보스를 잡을 생각이었다.

혹시라도 이것이 함정일까라는 생각도 해보았다. 보스가 정신 계열에 특수한 능력이 있는 이상 그런 점도 염두에 두어야 했다. 하지만 그래도 이번에는 진행을 할 것이다. 반대로 함정에 빠져서 주혁에게 좋지 않은 일이 생기더라도 상자가 시간을 되돌릴 테니까.

죽음을 경험한다는 건 끔찍한 일이었지만, 그래도 진짜로 모든 것이 끝나는 것보다는 나았다.

주혁은 결심을 굳혔다. 그리고 곧바로 미스터 K에게 연락을 했다. 이번 작전을 준비하고 지휘하는 역할을 맡기기 위해서였다.

물론 핵심적인 부분은 자신이 처리하겠지만, 외부에서 경비 장치를 무력화시킨다거나 경호원들은 제압하는 것과 같은 일들을 지휘할 사람이 필요했다. 그리고 그런 일에는 미스터 K가 적임자였다.

그는 일주일만 미국에 머무는 조건으로 일을 승낙했다. 주혁은 준비를 하려면 시간이 부족하지 않겠느냐고 했지만, 준비는 그곳의 인력들을 통해서 그전부터 하겠다고 대답했다.

미스터 K가 맡은 일을 어떻게 처리하는지 그동안 보아온 게 있었다. 그러면 믿고 일을 맡길 수 있었다.

주혁은 자신의 얼굴을 숨긴 채 참가해서 일을 마무리할 생각이었다.

"그러면 수고를 좀 해주시죠."

─알겠습니다. 그런데 뒤탈이 없겠습니까. 햄튼의 저택에 사는 사람이라면 크게 문제가 될 수도 있을 텐데요.

"그럴 일은 없을 겁니다. 그래도 혹시 모르니 최대한 조용하게 일을 처리할 수 있도록 했으면 좋겠군요."

─알겠습니다. 그러면 그 부분에 중점을 두고 계획을 잡아보죠.

미스터 K는 담담한 어조로 말했다. 오히려 그 목소리가 더 믿음직스러웠다. 항상 그 목소리 후에는 만족스러운 결과가 뒤따랐으니까.

*　　　*　　　*

'주요 인물들은 3층에 있다고 했지? 특히나 보스와 측근들은 동쪽 구석에 머문다고 했어. 그러니까 일단 진입하는 조가 먼저 들어가더라도 3층에는 내가 먼저 들어가야 해.'

주혁은 머릿속으로 작전을 정리하고 있었다. 용병들이 함께하는 작전이라서 주의해야 할 부분이 있었다. 특히나 보스를 비롯한 주요 인물들은 가능하면 다른 사람과는 접촉하지 않도록 할 생각이었다.

'그래도 밖으로 데리고 나오려면 최소한의 인력은 필요하니까 그 역할은 윌리엄 바사드의 측근이 하도록 해야겠어.'

하나하나 신경을 쓰면서 머릿속으로 체크를 해나갔다.

주혁은 매일매일 미스터 K와 대화를 나누면서 작전을 점검했는데, 때문에 세부적인 내용이 매번 조금씩 바뀌었다.

물론 이런 게 일반적인 경우는 아니었다. 보통은 정보를 제공하고, 그걸 바탕으로 작전을 수립했으니까.

하지만 이번에는 그러기가 어려웠다. 보스를 비롯한 주요 인물들을 다른 사람들에게 알리지 않고 일을 진행해야 했으니까. 게다가 보스와 셰도우는 일반인이 상대할 수 있는 사람들이 아니다. 오히려 다른 사람들은 방해만 될 뿐이었다.

그러니 자신이 먼저 가서 그들을 제압해야 했다.

하지만 보스가 어디에 있는지는 얼마 전에나 알 수 있었다. 보스가 잠을 자는 곳의 위치를 자주 바꾸었기 때문이었다.

그래서 작전을 확정하기가 어려웠던 것이다. 하지만 이제는 확실한 정보를 입수했다. 그러니 돌발 변수만 없다면 작전이 바뀔 리는 없다. 그래도 만약을 대비해서 보스가 위치를 옮길 경우도 생각해 두었다.

사람이 항상 예정대로 움직이지는 않는다. 그러니 혹시라도 있을지 모르는 상황에도 대비책을 가지고 있을 필요가 있었다. 더구나 이번 일은 너무나도 중요한 일이었다. 그래서 더욱 신경을 쓰고 있었다.

주혁이 무언가 숨기고 있다는 사실을 미스터 K는 알고 있었다. 특정 섹터나 인물에 대해서 철저하게 보안을 유지하려고 했으니까.

하지만 그런 점에 대해서는 전혀 언급하지 않고 주혁이 원하는 대로 작전을 계속해서 변경했다.

용병은 호기심을 가져서는 안 된다. 일을 맡았으면, 그 임무를 성공시키는 데만 집중하면 된다. 그는 지금까지 그렇게 일을 해 왔고, 앞으로도 그렇게 일할 것이다.

주혁은 그런 미스터 K의 일처리가 믿음직스러웠다.

"감독님?"

"어?"

조감독이 부르는 소리에 주혁은 상념에서 깨어났다. 촬영장에서 쉬는 시간에 생각을 하다가 너무 깊이 빠져든 모양이었다.

"준비가 거의 끝나가서요. 그런데 요즘 어디 안 좋으세요?"

요즘 들어 부쩍 멍하니 있는 경우가 많아서 조감독이 물어 본 거였다. 촬영에는 지장이 없도록 하려고 그렇게 애를 썼지만, 역시나 무리였던 모양이다. 애초에 이런 큰일을 앞두고 신경을 쓰면서 촬영까지 완벽하게 한다는 게 무리긴 했다.

보스의 일도 중요하기는 했지만, 지금 촬영하고 있는 작품도 마찬가지로 중요했다. 그래서 어설프게 진행할 생각은 없었다.

주혁은 정신을 집중하고는 지금 촬영할 내용에 집중하기 시작했다.

"아니야. 자, 그럼 다시 가자고."

주혁의 정신은 다시 촬영장으로 돌아왔다. 그리고 배우와 스태프와 같이 호흡하면서 촬영을 이어나갔다. 촬영 자체는 큰 문제가 없었다. 하지만 두 가지 일에 정신력을 소모하다 보니 극심한 피로감이 느껴졌다.

"이거 참. 빨리 일이 끝나야지. 이러다가는 내가 먼저 쓰러 질 것 같아."

주혁은 숙소로 돌아오면서 중얼거렸다.

"감독하고 연기까지 하려니까 힘드신가 봐요?"

"다른 사람들은 뭐 챙겨 먹는다잖아요. 오빠도 뭐 좀 드세 요. 요즘 부쩍 피곤해 보여요."

장백이와 윤미가 이야기를 건넸다. 주혁을 주변에서 계속 보아온 사람들이라 지금 주혁의 상태가 어떤지 잘 알아서 그런 거였다. 밤샘 촬영에도 멀쩡했던 주혁이었는데, 최근 들어서는 자주 피곤해 보였다.

"오빠도 이제 나이가 있잖아요. 슬슬 관리해야 한다니까요."

"맞습니다, 형님. 세월은 아무도 이길 수 없다고 하지 않습니까. 홍삼이 괜찮다던데 제가 좀 보내라고 할까요? 기 대표님도 그거 드시더라고요."

주혁은 피식 웃었다. 지금까지는 자신은 보통 사람들과 다르다고 생각했다. 그런 생각을 하는 게 당연했다. 인간의 한계를 벗어난 능력을 가지고 있었으니까. 하지만 결국 자신도 사람이었다. 힘들고 지치고 피곤함을 느끼는 그런 사람.

"녀석들아, 아직은 멀쩡해. 요즘 일이 갑자기 여러 개가 몰려서 그런 것뿐이야."

한국에 있을 때 많이 보았다. 사람마다 취향이 다르긴 했는데, 대부분 뭔가를 챙겨 먹기는 했다. 약 종류를 좋아하는 사람이 있었고, 홍삼이나 즙 같은 걸 좋아하는 사람도 있었다. 하지만 주혁은 아직까지는 그런 걸 먹어본 적이 없었다.

'진짜 한번 뭐라도 먹어볼까?'

워낙 피곤하니 그런 생각마저 들었다. 하지만 주혁은 이번 일만 끝나면 자연스럽게 해결되리라 여겼다. 지금은 아주 중요한 두 가지 일에 온 힘을 다하느라 몸이 버티지 못하는 것

뿐이었다.

그러니 보스의 일만 해결하고 나면 자연스럽게 예전처럼 팔팔한 상태에서 일을 할 수 있으리라 생각했다.

하지만 주혁은 설상가상이라는 말이 무엇인지 확실하게 느끼게 되었다. 크리스토퍼의 전화를 받은 후에.

—미스터 강. 작품에 관해서 이야기를 나누고 싶은데 괜찮겠습니까?

크리스토퍼는 벌써 시나리오 초고를 완성했다고 전해왔다. 이야기의 뼈대가 잡혀 있고, 주요 캐릭터가 분명해서 작업을 하는 데 편한 건 있었을 것이다. 하지만 그런 걸 참작하더라도 무지막지한 속도였다.

'신바람이 난 모양이군.'

그 일을 하는 게 좋아서 미칠 지경의 사람은 간혹 일반적으로는 상상하기 어려운 결과를 내기도 한다. 즐기는 사람은 당할 수 없다는 말도 있지 않은가. 게다가 혼자서 작업을 하는 게 아니라 동생과 같이 시나리오 작업을 해서 이렇게 빨리 초고가 나왔을 것이다.

하지만 왜 하필 지금이란 말인가. 안 그래도 지쳐서 쓰러질 지경인데 말이다. 그래도 크리스토퍼와의 일도 소홀하게 여길 수 없었다. 그래서 언제가 좋겠냐고 물었다.

—저는 당장에라도 괜찮아요. 이번에는 프로듀서하고 주

연배우도 함께 이야기를 할까 하는데 어떻습니까.

"지금 당장은 조금 곤란하네요. 한 일주일 뒤 정도면 어떻겠습니까?"

—일주일 뒤. 알겠습니다. 그럼 일단 작성된 걸 보낼 테니까 보시죠.

"예, 그러죠. 자세한 일정은 따로 이야기해서 확정하는 걸로 하면 될 것 같습니다."

주혁은 촬영 핑계를 대고는 겨우 약속을 미룰 수 있었다. 하지만 메일을 열어보고는 이 일도 늦추어서는 안 되겠다고 생각했다. 시나리오를 읽는 순간 느낌이 팍 왔다. 대작의 향기가 풀풀 풍겼다.

몸은 쉬고 싶다고 말을 하고 있었지만, 마음은 하루라도 빨리 이 작품도 들어갔으면 좋겠다고 이야기하고 있었다.

"그래. 빨리 일을 마치고 차기작도 준비 작업에 들어가는 거야."

주혁은 짐을 싸면서 중얼거렸다. 이제 보스턴으로 이동해야 해서 짐을 꾸리고 있는 거였다.

짐을 꾸리고 있는 주혁의 옆에서는 미래가 하품을 하면서 바닥에 누워 있었다.

*　　　*　　　*

역시나 보스턴에 오니 꼬리가 붙었다. 상대 역시 준비를 한 상태에서 정해진 날짜만 기다리고 있는 상태.

하지만 그들의 정보는 주혁에게 모두 전달되었다. 혹시나 함정이 아닐까 걱정을 했었지만, 그런 조짐은 보이지 않았다.

한국에서 준비를 하고 있던 미스터 K도 미국으로 건너와서 지금은 햄튼에 있었다. 거기에서 용병들과 준비를 하고 있었고, 주혁은 D-day가 되기만 기다렸다. 무척이나 초조하고 신경이 곤두섰다.

하지만 그 시간 동안 손만 빨면서 있을 수는 없는 일.

촬영은 계속되었다.

"컷, 컷."

주혁은 지금 촬영 장면이 마음에 들지 않았다. 연기가 녹슨 칼처럼 무뎌서 감정을 제대로 표현하고 있지 못하고 있어서였다.

그는 배우에게로 다가가서는 대화를 나누었다.

"지금 장면에서는 조금 더 강하게. 분노를 할 때는 확실하게 분노한 모습을 보여줘야지."

주혁은 조금 강한 어조로 이야기했다. 짜증이 섞인 것 같다는 느낌도 들었는데, 이런 경우는 처음이라서 사람들은 약간 의아해했다. 하지만 사람이 언제나 똑같을 수는 없으니 그러려니 했다.

주혁은 자신이 지금 날카롭게 반응을 하고 있다는 사실도 모르고 있었다. 결전을 앞두고 있는 상황인 데다가 피로가 누적되어 그런 거였다. 하지만 정작 본인은 자신이 지금 어떤 상태인지 알지 못했다.

"감독님, 잠깐 쉬었다가 하시죠."

조감독이 다가와서는 잠시 쉬자고 권유했다. 아무래도 주혁의 컨디션이 좋지 않아 보였기 때문이었다. 그러고는 음료수를 건네면서 안 좋은 일이라도 있느냐고 물었다. 신경이 곤두서 있는 것처럼 보인다면서.

"그래? 조감독이 보기에 그랬어?"

"예. 최근에 조금 피곤해 보이시기도 하고 그랬는데, 오늘은 유난히 신경이 날카로워 보이세요."

주혁은 곰곰이 생각해 보았다. 그리고 정말로 자신이 무척 짜증을 내고 있다는 사실을 느꼈다.

주혁은 알았다고 하고는 눈을 감고 잠시 쉬었다. 이런 상태로는 제대로 된 연출을 할 수 없었기 때문이었다.

냉정을 잃으면 상황을 정확하게 볼 수 없다. 당연히 촬영도 엉망이 될 가능성이 높았다.

그건 비단 자신 혼자만의 문제가 아니었다. 지금 현장에 있는 이 수많은 사람들의 노고가 모두 물거품이 된다는 뜻이다.

그런 일이 있어서는 안 된다.

주혁은 다시금 감독이라는 자리의 무거움을 느끼면서 최대한 긴장을 풀고 휴식을 취했다. 자기 혼자만을 위해서가 아니라 지금 이 자리에 있는 모든 사람을 위해서.

주혁은 점점 깊은 의식의 내면으로 들어갔고 완전한 암흑 속에서 아무런 생각도 하지 않은 채 깊은 휴식에 들어갔다. 그리고 조감독이 가볍게 흔들기 전까지 정말 푹 쉴 수 있었다.

"감독님? 감독님?"

"어, 그래."

주혁은 화들짝 놀라서 일어났다. 정말 꿀맛 같은 휴식이었다. 아주 푹 자고 일어난 것 같은 기분이었다.

"내가 얼마나 쉬었지?"

"10분 정도 쉬었습니다."

주혁은 깜짝 놀랐다. 밤새 푹 자고 일어난 것 같은 느낌이었는데, 시간은 고작 10분밖에 흐르지 않았던 것이다. 정말 희한한 경험이었다. 아주 푹 쉰 덕분에 몸에 활력이 도는 기분이 들었다. 기분도 많이 좋아졌고.

"자, 다시 시작합시다."

주혁은 활기찬 목소리로 이야기했고, 촬영장은 다시 예전처럼 에너지가 넘치고 열정이 뿜어져 나오는 그런 공간이 되었다.

주혁은 그런 분위기를 만끽하면서 촬영을 진두지휘했고, 직접 연기를 하기도 했다.

그리고 드디어 밤이 되었다.

주혁은 숙소에서 몰래 빠져나와서 햄튼으로 향했다. 시간에 맞추어 돌아간다면 주혁이 나온 것은 아무도 모를 것이다. 주혁이 도착하니 이미 용병들은 준비를 끝내고 대기를 하고 있었다.

주혁도 복면을 하고는 자연스럽게 그 무리에 끼어들었다. 미스터 K가 사람들을 모아놓고 마지막으로 작전 설명을 했다.

보안과 통신을 무력화시킨 다음 1조가 투입되어 경비를 제압하고는 외부 경계를 한다. 그리고 단계별로 각 단위별로 맡은 임무를 체크했다. 주혁은 맨 마지막에 3층에 가장 먼저 올라가게 되는 역할이었다.

주혁이 비록 신체적인 능력이 뛰어나다고는 하지만, 이런 교육을 전문적으로 받은 사람은 아니다. 그러니 나머지는 용병들에게 맡기고 자신은 3층에 있는 보스와 셰도우만 상대할 예정이었다.

오드아이가 보내온 정보에 의하면, 2층과는 달리 3층에는 인원이 많지 않았다. 보스와 최측근 몇 명만이 오늘 있다고 했다. 그러니 2층까지만 무사히 제압할 수 있다면, 3층은 문제가 없을 것이다.

설명이 끝난 후 용병들은 각자 위치로 돌아갔고, 주혁도 자신의 위치에 자리를 잡았다. 잠시 후, 귀에 꽂은 리시버를 통해 미스터 K의 음성이 들렸다.

─7분 후에 시작한다.

주혁은 시간을 확인했다. 그리고 정시가 되자 정해진 대로 용병들이 신속하고 정확하게 자신의 임무를 수행했다.

몸놀림을 보고는 주혁은 역시 전문가들이구나 싶었다. 일반인의 움직임과는 확연한 차이가 보였으니까.

하지만 감탄만 하고 있을 새가 아니었다. 주혁은 예정된 대로 움직였다. 만반의 준비를 하고 기습을 해서인지 상대는 변변한 저항도 하지 못한 채 제압당했다. 그래서 특별한 소음 없이 1층까지 진입할 수 있었다.

하지만 상대는 침입을 알고 있는 듯했다. 1층에 진입했을 때, 2층에서 어수선한 소리가 들렸으니까.

하지만 제대로 준비를 하고 인원수도 이쪽이 더 많은지라 2층까지 점령하는 데도 큰 무리가 없었다.

─2층 클리어.

2층까지 확실하게 정리되었다는 무선이 들렸다. 그러자 미스터 K의 지시가 들렸다.

─줄리엣, 3층 진입하라.

줄리엣은 이번 작전에서 주혁을 지칭하는 말이었다. 주혁은 경계를 하면서 3층으로 올라갔다. 이젠 끝장을 내자고 생각하면서.

쾅.

문을 박차고 안으로 들어갔지만, 안에서는 인기척이 느껴지지 않았다.

"젠장."

욕설이 저절로 튀어나왔다. 주혁은 3층에 올라와서는 세도우와 오드아이는 제압했다. 실질적으로 제압한 건 세도우 하나였지만, 겉으로 보이기에는 둘을 제압한 것으로 보였다. 하지만 보스는 코빼기도 보이지 않았다.

세도우와 오드아이는 중요한 게 아니었다. 보스를 잡아야 했다. 그래서 굳게 닫혀 있는 보스의 침실 문을 부수고 들어갔지만, 보이는 건 침대 위에 흐트러진 이불밖에는 없었다. 주혁은 재빨리 여기저기를 살폈다.

급하게 움직여서인지 방에는 이런저런 흔적들이 남아 있었다. 그리고 그 흔적은 한 장소를 향해서 이어져 있었다. 바로 한쪽 벽이었다.

툭툭. 툭툭. 통통통.

소리가 달랐다. 벽이 아니라 안이 비어 있었다.

주혁은 냅다 발로 비어 있는 곳을 찼다. 우지끈 하는 소리

와 함께 나무로 된 벽이 부서지면서 어두컴컴한 공간이 나타
났다.

주혁은 미스터 K와만 연결된 채널을 통해서 이야기했다.

"목표물 하나가 비상 통로를 통해서 빠져나간 듯하다. 나
머지는 잡아놓았으니 호송할 인력을 보내고, 외부에 움직임
이 없는지 확인 요망."

—라저.

주혁이 말을 끝내자마자 밖에서 사람들이 움직이는 소리
가 들렸다. 미스터 K가 곧바로 외부에 경계를 하고 있는 용병
들에게 이 사실을 알렸기 때문이다. 가능하면 보스는 자신이
직접 잡고 싶었는데, 지금은 그런 걸 생각할 때가 아니었다.

일단 잡는 게 중요했다.

'설마 이런 식으로 도망을 칠 줄이야.'

주혁은 처음에는 밖의 용병들이 너무 소리를 크게 내는 것
이 아닌가 싶었는데, 생각해 보니 그렇지도 않았다. 이제는
상황은 거의 끝난 상태이니 소리를 내지 않으려고 조심할 필
요는 없었다.

그리고 오히려 이렇게 어수선하게 소리를 내는 게 상대를
압박하기에도 좋다고 생각되었다.

"이 구멍은 어디로 통한 거야?"

주혁은 안으로 들어갔는데, 사람 한 명은 충분히 다닐 만한

공간이 마련되어 있었다. 나중에 따로 만든 건 아닌 것 같고, 집을 지을 때부터 아예 이런 공간을 만들어놓은 듯했다.

"원래 집주인이 만든 건가?"

주혁은 통로 안으로 들어서면서 중얼거렸다. 영화 같은 데 보면, 오래된 저택에 이런 비밀 통로가 있는 경우가 있다. 주혁은 혹시나 그런 게 아닐까 생각했지만, 이 저택을 만든 건 보스였다.

사실 이 통로는 보스가 아버지를 두려워해서 만들어놓은 공간이었다. 만약의 경우에 탈출할 수 있도록. 보스가 두려워하는 건 오로지 아버지 한 명밖에 없었다. 이 세상에서 자신보다 강한 유일한 존재라고 생각했으니까.

그래서 집을 지으면서 이런 통로를 만들어놓은 것이다. 하지만 정작 사용을 하게 된 건 아버지가 아니라 다른 사람 때문에 사용하게 된 거였다.

주혁은 플래시로 앞을 밝히면서 걸었다.

통로는 복잡했다. 길이 여기저기로 이어져 있었다.

좁은 층계를 따라 아래로 내려가기도 했는데, 좁은 틈을 통해서 건물 안쪽을 살필 수도 있었다.

주혁은 길을 따라가다가 다른 방과 연결된 것을 확인하고는 그 방으로 들어갔다.

그랬더니 침실이 나왔다.

2층에 있는 침실이었는데, 갑자기 주혁이 벽을 열고 나오자 경계를 하고 있던 용병이 흠칫 놀랐다. 하지만 이내 같은 편이라는 사실을 알고는 경계를 풀었다.

주혁은 이런 식으로 연결된 방이 여러 개 있다는 사실을 알았다. 그리고 대부분이 침실이었다.

"잠을 옮겨가면서 잔다고 하더니 침실마다 도망칠 공간을 만들어놓았네?"

주혁은 계속해서 통로를 따라 움직였다. 그리고 지하에서 길게 뻗은 통로를 발견했다. 다른 곳에는 불이 켜져 있지 않았는데 여기는 등까지 있었다.

건물에 있는 통로보다는 넓고 천장도 높았는데 언뜻 보기에도 상당히 긴 통로였다.

군데군데 나무로 된 박스들이 보였지만 무시하고 앞을 향해 빠르게 움직였다. 긴 통로에는 탁탁 하는 주혁의 발소리만 메아리처럼 울렸다.

하지만 보스는 이미 멀리 가 있는 것인지 그림자도 보이지 않았다.

그리고 얼마간을 달리다가 주혁은 걸음을 멈추어야 했다. 세 갈래로 나누어진 갈림길이 나왔기 때문이었다.

주혁은 한숨을 내쉬고는 미스터 K에게 연락을 했다.

"비밀 통로 지하에 긴 통로가 있는데, 셋으로 나누어진 갈림

길이 나온다. 나는 정면으로 가볼 테니 나머지도 수색 요망."

─알겠습니다. 통로로 팀을 투입했으니 곧 도착할 겁니다.

주혁은 대화를 마치고는 걸음을 옮겼다. 한참을 걷다 보니 문이 나왔는데, 오래 사용하지 않아서인지 잘 열리지 않았다. 주혁은 힘을 주어 그 문을 열었고, 문을 열자마자 가장 먼저 보인 건 넘실대는 파도였다.

"해변?"

짙은 바다의 향기가 코를 덮쳤다. 하지만 이쪽으로 움직인 것 같지는 않았다. 백사장에 발자국이 남아 있지 않았기 때문이었다. 주혁은 다시 통로를 통해 건물로 왔다가 미스터 K가 있는 본부로 돌아왔다.

"어떻게 되었습니까? 흔적은 발견했습니까?"

"아직 확실치는 않습니다만, 이미 빠져나간 것 같습니다. 죄송합니다."

주혁은 고개를 저었다. 이런 변수까지 전부 대처할 수는 없는 일이다. 이렇게 철저하게 도망칠 구멍을 만들어놓았을 줄 누가 알았겠는가. 그리고 이 통로는 보스를 제외하고는 아무도 모르는 듯했다. 세도우나 오드아이도 전혀 모르고 있었으니까. 그러니 누구를 탓할 일이 아니었다.

"어떻게 했으면 좋겠습니까?"

주혁은 미스터 K에게 조언을 구했다. 아무래도 이런 일에는 그가 전문가였으니까. 미스터 K는 자신이 생각하고 있는 방안을 내놓았다.

"일단 내부를 철저하게 수색하고, 혹시 모르니 인력을 잠복시켜 놓는 편이 좋겠습니다."

급습을 해서 몸만 겨우 빠져나간 상태다. 그러니 필요한 물건을 가져오기 위해서 돌아올 확률도 있다.

주혁은 일리가 있다고 생각했는데, 미스터 K의 말은 계속 이어졌다.

"일단 자금을 동결하는 게 중요합니다. 일단 발을 묶어야 잡기가 쉬워지니까요. 그리고 어디를 움직이든 카드는 사용할 테니 그걸 추적하면 상대의 움직임을 알 수 있을 겁니다."

제아무리 초인이라고 하더라도 먹고 자야 한다. 멀리 움직이려면 휘발유도 넣어야 하고, 표도 사야 한다.

그리 급하게 나갔는데, 현금이 수중에 얼마나 있겠는가. 카드는 사용할 수밖에 없을 것 같았다.

"그러니까 다른 자금은 모두 막아놓고, 카드만 사용할 수 있도록 하는 게 좋습니다. 흔히 사용하는 방법인데, 효과가 제법 좋죠."

그리고 다행인 점이 있었다. 보스 일당의 자금을 파악해서 막고 하려면 시간이 꽤나 걸렸을 텐데, 그럴 필요가 없었기 때문이었다.

보스의 밑에서 일하는 모든 사람들을 관리하는 게 오드아이이다. 게다가 이번에 로저 페이튼이 죽고 나서 새로운 사람을 앉혔는데, 그 사람을 관리하는 것도 오드아이였다. 그러니 보스 일당의 모든 자금을 틀어쥐고 있는 게 오드아이나 마찬가지였다.

그리고 주혁은 오드아이를 마음대로 움직일 수 있었고. 그래서 주혁은 보스의 모든 자금을 손쉽게 묶어놓을 수 있었다.

'그것보다 상자를 찾아야 해. 상자만 있다면 보스는 잡지 않아도 된다.'

주혁은 저택 내부를 같이 수색했다. 하지만 아무리 찾아도 상자는 나오지 않았다. 금고가 있기는 했지만, 그 안에는 상자가 없었다. 그래서 더욱더 보스를 잡는 일이 중요해졌다.

"일단 시간이 지체되었으니 나는 다시 숙소로 돌아가 봐야겠어요. 계속 수색을 하고, 혹시라도 내가 이야기한 물건이 발견되면 즉시 연락하기 바랍니다."

"알겠습니다. 그리고 윌리엄 바사드의 도움을 받아서 여러 곳에 손을 써두었으니 조만간 목표물을 보실 수 있을 겁니다."

주혁은 그랬으면 좋겠다는 생각을 하면서 숙소로 돌아왔다.

바닷가 저 멀리서 서서히 태양이 떠오르는 게 느껴졌다.

붉은 기운이 비치면서 날이 밝아오고 있었다.

                    *   *   *

"오케이! 수고했어요."

버클리 음대에서의 촬영은 순조롭게 진행되었다. 배우들
도 그렇고 스태프도 모두 이 작품이 어떻다는 것에 관해서 잘
알고 있었다. 이 부분에서 어떤 감정이 중요하고 어떤 느낌이
나야 하는지를 아는 것이다.

그걸 알고 일이 진행되는 것과 모르고 진행되는 건 엄청난
차이가 있다. 이제 자신이 없더라도 조감독의 지휘 아래 촬영
이 진행될 수 있을 거라는 생각이 들 정도였다. 그만큼 모두
가 작품에 대한 이해도가 높았다.

3개월을 예상하고 시작한 촬영은 어느새 절반을 지나고 있
었다. 지금까지는 인물들이 소개되고 갈등이 점점 커지고 있
었다. 주인공을 비롯한 모든 사람들의 일이 잘될 듯하면서도
자꾸만 어긋나고 있는 중이었다.

하지만 앞으로 며칠 동안은 지금까지 있었던 방해를 뚫고
성공을 눈앞에 둔 장면까지의 촬영이 이어진다. 촬영 현장은
작품 분위기의 영향을 받는다. 신이 나는 분위기가 계속되니
당연히 촬영 현장도 어느 때보다 활기차고 밝았다.

하지만 겉으로 내색하지는 않았지만, 주혁의 마음은 무척
조급했다. 빨리 보스를 잡거나 상자를 찾았으면 좋겠다는 생

각으로 가득했으니까.

주혁은 다음 촬영을 준비하는 동안 미스터 K와 통화를 했다.

"특별한 건 없습니까?"

—아무래도 저택에 다른 금고나 공간은 없는 것 같습니다. 계속해서 수색을 하고는 있지만, 별다른 건 없군요. 여기서 일했던 사람들의 말도 그렇고요.

아무래도 보스는 이곳에 상자를 두지는 않은 모양이었다. 그나마 다행인 점은 보스의 위치를 추적할 수 있다는 거였다. 처음 이틀간은 카드도 사용하지 않았었는데, 그 이후로는 계속해서 카드를 사용했다.

—남쪽으로 움직이는 걸로 봐서 멕시코로 넘어가려는 게 아닌가 싶습니다.

미스터 K는 햄튼의 저택 주변에 있다가 그곳을 계속해서 지키고 있다는 걸 알고는 방향을 바꾸었을 거라고 말했다. 이틀 후에 카드를 처음 사용한 곳이 햄튼에서 아주 가까운 주유소였기 때문이었다.

그의 판단은 정확했다. 보스는 여러 가지 이유 때문에 다시 저택으로 돌아올 생각을 하고 있었으니까. 하지만 여의치 않자 방향을 선회한 거였다. 그러나 그들의 행적은 그대로 드러나고 있었다.

보스와 같이 도망친 사람이 두 명 더 있었는데, 그들의 카드를 비롯한 사용할 수 있는 모든 카드와 통장을 막아버렸다. 그리고 보스가 사용하는 카드 하나만 살려두었다. 그들도 아마 알고 있을 것이다. 자신들의 위치를 상대가 알고 있으리라는 사실을.

하지만 어쩌겠는가. 엄청난 능력을 가지고 있는 사람도 먹어야 산다. 물도 마셔야 하고. 그러니 가지고 있는 현금이 바닥나면 카드를 사용할 수밖에 없다.

주혁은 그들을 계속해서 압박을 하면서 추적만 하라고 이야기했다. 어차피 보스가 능력을 사용하면 그들로서는 잡을 방법이 없다. 그러니 멀리서 압박만 하고 위치만 놓치지 말라는 거였다.

그래서 추격조는 계속해서 압박해서 그들의 움직임을 둔하게 만들고 있었다. 아무래도 수많은 사람들이 수색을 하면 부담스러울 수밖에 없다. 당연히 보스가 능력을 사용하면 문제가 해결되지만, 같이 있는 사람들이 문제였다.

그들은 섀도우나 오드아이가 아니었다. 보스가 이상한 능력을 쓰면 어떻게 반응할지 몰랐다. 그러니 능력을 사용하는 건 가능하면 자제하리라는 게 주혁의 판단이었다.

'만약 저택에 상자가 있다면, 보스는 무슨 수를 써서라도 상자를 찾으려고 했을 거야. 그렇지 않고 잠깐 살펴보다가 다른 곳으로 이동한다는 건 상자가 다른 곳에 있다는 거겠지.'

저택 근처에 있었던 것은 무언가 챙길 게 있어서 그랬을 것
이다. 저택에는 엄청난 현금과 보석을 비롯한 값진 것들이 많
았다. 아마도 그것들을 챙기려 했을 것이다. 당분간 사용할
자금은 있어야 하니까.

보스는 지금 모든 기반을 잃은 상태다. 수하들도 같이 도망
치고 있는 두 명밖에는 없고, 자금도 조직도 모든 기반을 잃
었다.

셰도우나 오드아이 중에서 한 명만 같이 있더라도 조금은
움직이기가 편하겠지만, 가장 핵심적인 측근 두 명도 주혁의
손에 있다. 그러니 그가 향하는 곳에는 반드시 상자가 있을
것이다. 그리고 분명히 상자를 사용하려 할 것이고.

그래서 지금 모든 정보를 뒤져서 보스가 상자를 숨겨놓았
을 법한 장소를 찾고 있었다. 보스만이 간혹 들렀던 장소라든
가, 아니면 보스의 일정 중에서 갑자기 비는 기간이 있든가
하는 걸 중점적으로 뒤졌다.

워낙 예전 기록부터 찾아야 해서 시간이 좀 걸릴 테지만,
보스 일행이 움직이는 방향과 연관 지으면 분명히 무언가가
나올 것이다.

"계속해서 움직임만 늦추라고 하세요. 가까이 접근하는 건
금물입니다. 외부에서 몰이만 하면 됩니다. 움직임만 방해하
면서요."

―알고 있습니다. 그렇게 하고 있습니다.

주혁은 통화를 하면서, 일이 자신의 생각만큼 쉽사리 끝나지 않는다고 푸념을 했다. 끝날 듯하면서 끝이 나지 않았다. 상자가 자신의 손에 잡힐 듯하면서 잡히지 않았다. 하지만 거의 마무리가 되어간다고 여겼다.

손발이 모두 떨어져 나간 보스였다. 그러니 오래 버티지는 못할 것이다. 그건 혹시라도 그가 상자를 손에 넣더라도 마찬가지일 것이다. 주혁이 가지고 있는 상자가 더 많고, 순위로도 우위에 있으니까.

"감독님~"

"알았어, 곧 간다고."

주혁은 조감독의 소리가 나는 방향으로 몸을 돌렸다. 그리고 자신을 환하게 웃으며 맞아주는 사람들과 대화를 하면서 다시 촬영장 분위기 속으로 젖어들었다. 자신이 만들어놓은 세상 속으로 웃으면서 걸어 들어갔다.

CHAPTER **77**
갑작스러운 변화

"무슨 문제라도 있는 겁니까?"

─계속 살펴는 보고 있지만, 확실한 건 모르겠습니다.

보스 일행의 움직임이 갑자기 멈췄다. 왜 그런지는 알 수 없었다. 누군가에게 문제가 생겼을 수도 있고, 다른 꿍꿍이가 있을 수도 있다. 하지만 그들이 멈춰 있는 곳에는 별다른 게 없었다. 텍사스의 황량한 벌판이었으니까.

특이한 점이 있다고 한다면 저번에 동전이 있다고 함정을 판 그 장소에서 멀지 않다는 정도였다. 하지만 멀지 않다는 것이 주혁이 있는 장소나 미국의 다른 지역과 비교해서 그렇다는 것이지 결코 가까운 거리가 아니었다.

쉽게 말해서 지금 보스가 있는 장소에서 전에 동전이 있다고 함정을 팠던 장소까지는 자동차나 교통수단을 이용하지 않고는 갈 수 없는 그런 거리라는 말이었다. 그러니 몰래 빠져나와서 이동한다거나 하는 일은 생각할 수도 없었다.

게다가 근처에는 공항이나 철도 같은 시설도 없었고, 벌판이라서 감시하기도 좋았다. 그래서 24시간 철저하게 감시를 하고 있었는데, 보스를 비롯한 세 사람은 전혀 움직임이 없었다.

'도대체 무슨 속셈이지? 아니면 혹시 보스에게 무슨 문제가 생긴 건가?'

하지만 그런 걸 확인하기 위해서 접근을 할 수는 없었다. 그걸 노리고 움직이지 않을 수도 있었으니까. 그리고 상자를 숨겨놓은 장소에 대한 건 아직 미궁 속이었다. 두어 군데 의심 가는 장소가 있기는 했지만, 확실하지는 않았다.

'내가 직접 가봐야 하는 건가?'

텍사스까지 왕복을 해야 하니 시간을 내기가 만만치는 않았지만, 워낙 중요한 일이니 어떻게든 시간을 만들어볼까 하는 생각도 했다.

하지만 그런 고민을 해결해 주는 사건이 생겼다.

"컷."

조감독의 외침에 배우들이 긴장을 풀었다. 스태프도 잠시 하던 일을 멈추고 몸을 이리저리 움직였고.

주혁은 자리로 돌아가서 화면을 확인했다. 자신의 연기가 어떻게 나왔는지 보고 결정을 해야 했으니까.

나쁘지 않았다. 주변 배우들과의 호흡도 좋았고, 자신의 감정도 잘 표현되었다고 보였다. 하지만 아쉽다는 느낌도 들었다. 분명히 걸리는 건 없었는데, 무언가 특별하다는 느낌은 받을 수가 없었으니까.

모든 장면이 특별할 필요는 없다. 그렇게 찍었다가는 오히려 영화가 이상해질 것이다. 이야기에도 강약이 있고, 그 조절을 잘해야 한다.

주혁은 이 장면에서는 그래도 무언가 특별함이 보여야 한다고 생각했다.

"다시 가야겠어."

"알겠습니다."

조감독이 준비를 시키려고 하는데, 장백이가 전화기를 가지고 왔다. 연기를 하는 도중에는 전화를 받지 않아서 장백에게 맡겨놓고 있었는데, 이렇게 온 것을 보니 꽤 중요한 전화인 듯했다. 어지간한 전화는 나중에 다시 연락을 하라고 했으니까.

"케이라고 이야기하면 알 거라고 하던데요."

장백이가 핸드폰을 내밀면서 말했다.

주혁은 재빨리 핸드폰을 낚아채고는 걸어가면서 귀에다 가져다 댔다.

"무슨 일입니까?"

─목표물과 같이 움직이던 자가 접촉을 해왔습니다.

"그래요?"

주혁이 반색을 하고는 되물었다. 안 그래도 며칠 움직이지를 않아서 무슨 일일까 궁금했었는데, 보스와 같이 움직이던 사람 중 한 명이 먼저 접촉을 해온 거였다.

─한 명이 무척 위독한 상태랍니다.

그 남자는 그저 잡일을 하던 사람인데 갑작스러운 습격에 놀라서 같이 도망을 치게 되었다고 했다. 그리고 다른 사람도 마찬가지였다. 같이 움직이는 사람이 무척 높은 사람이라는 정도만 알고 있지 누군지도 제대로 모른다는 거였다.

자신의 정체를 철저하게 감추는 보스의 성격으로 보아 그럴 수도 있다고 여겼다. 그런데 갑자기 그 사람의 몸이 안 좋아지더니 이제는 열이 펄펄 끓어서 가만히 두고 볼 수가 없어서 사람을 찾으러 밖으로 나왔다는 거였다.

─핸드폰도 없고, 현금도 거의 없었다고 합니다. 그리고 지

금 있는 곳은 그냥 오두막 같은 곳이라더군요. 안에 제대로 갖추어져 있는 게 없답니다.

주혁은 고민이 되었다. 상대가 도망치기 위해서 수를 쓰고 있는 것일 수도 있었으니까. 하지만 이대로 두고 볼 수는 없는 일이었다.

─일단 원거리에서 지켜보게 하고 소수 인력만 투입해서 상황을 살펴보면 어떨까요?

"그러는 게 좋겠네요. 그렇게 하죠."

주혁은 자신도 당장 그곳으로 달려가고 싶었지만, 이곳에 있는 모든 사람을 내버려 두고 그럴 수는 없었다. 그래서 일단 촬영에 집중했다.

그날 촬영은 지금껏 데뷔한 이래 촬영한 날 중에서 최악이었다. 실수 연발이었고, 찍은 장면도 마음에 드는 게 없었다. 그러지 말아야지 하면서 마음을 잡으려고 했지만, 그러기가 쉽지 않았다.

계속해서 핸드폰에만 신경이 쓰였고, 결국 다른 날보다 조금 일찍 촬영을 접어야 했다. 더 이상 촬영하는 건 모두에게 좋지 않다는 생각이 들어서였다. 그나마 자신의 분량을 제외하고는 문제가 없어서 다행이었다.

주혁이 나오는 분량은 거의 대부분 내일 다시 찍기로 했다. 사람들은 오히려 그런 날도 있는 거라면서 주혁을 위로했다.

사람이 살면서 어떻게 좋은 날만 있겠냐고 하면서. 그 말을 듣고서 주혁은 코가 살짝 시큰했다.

분명히 자신의 실수였고 잘못인데, 다들 감싸주는 걸 보니 마음이 푸근해졌다. 그리고 다시는 이런 일이 일어나지 않게 해야겠다고 마음먹었다. 아예 집중을 할 수 없으면 무리하지 말고 촬영을 넘기는 편이 좋겠다고 생각했다.

어떻게든 되겠거니 하는 마음은 자신의 자만이었다. 자신도 지금 웃으면서 자신에게 손을 흔들고 있는 사람들처럼 실수도 하고 컨디션의 영향을 받는 사람이었다. 그리고 사람은 혼자서는 살아갈 수 없는 존재다. 주혁은 그런 점을 가슴 깊이 새겼다.

하지만 보스가 어떻게 되었는지 궁금해서 미칠 지경이었다. 그래서 촬영이 끝나자마자 바로 연락했다. 수시로 보고를 받고는 있었지만, 목표물이 엄청난 고열에 시달리고 있어서 병원으로 옮기겠다는 것까지만 들었다.

어떤 병인지, 지금 상태가 어떤지는 확인하지 못했다. 병원을 물샐 틈 없이 감시하고는 있지만, 그래도 우려가 되기도 했고.

"어떻게 되었습니까?"

─의사의 말로는 아직까지는 원인은 알 수 없답니다. 자세한 검사를 해봐야 하는데 아무래도 시간이 조금 걸릴 것 같다

고 합니다.

주혁은 도저히 참을 수가 없었다. 그래서 바로 비행기를 탔다. 그리고 보스가 입원해 있는 병원으로 향했다. 어떤 상태인지 직접 눈으로 확인을 해야 마음이 놓일 것 같아서였다.

*　　　*　　　*

묘한 약 냄새가 코를 간질였다. 주혁은 마스크를 하고 있었지만, 건물 전체를 떠도는 알코올과 이름을 알 수 없는 약의 향이 뒤섞인 걸 막을 수는 없었다.

"이쪽입니다."

경비 담당자가 주혁을 안내했다.

주혁은 보스가 있는 병실 건너편에서 유리를 통해서 그를 바라보았다. 그의 얼굴은 전에 보았을 때보다 많이 수척해져 있었고, 다소 붉은 기운이 감돌았다. 그리고 땀방울이 송골송골 맺혀 있었다.

"아직 어떤 병인지 확실하게 단정하기는 어렵습니다. 검사를 하고 있습니다만, 이런 경우는 처음 보는 케이스라서……."

담당 의사는 뒷말을 끌었다. 실제로도 이런 증상은 들어본 적이 없었다. 자신의 의학적인 한도 내에서는 알 수 없는 그런 증상. 그래서 담당 의사는 무척 당황하고 있었다. 혹시나 보고되지 않은 세균에 의한 것인가 싶어서 조사를 했지만, 그런 건 아닌 것 같았다.

하지만 주혁은 의사가 하는 말에는 전혀 신경을 쓰지 않고 있었다. 그는 잠시 보스를 바라보다가 곧바로 능력을 사용했다. 시간이 멈추었고 빛이 유리를 통과해서 보스를 향해 날아갔다.

자신의 옆에 있는 의사는 주혁의 눈치를 보면서 입을 벌리고 있었고, 다른 사람들은 다소 무표정한 얼굴로 동상처럼 굳어 있었다.

주혁은 어쩐지 죽음의 그림자가 드리워진 느낌이 든다고 생각했다.

병원이었고 중환자들이 있는 병동이라서 그런 생각이 들었는지는 모르겠지만, 밖에서 느꼈던 것과는 다르게 무겁고 어두운 분위기가 느껴졌다. 하지만 그런 생각을 하는 사이에도 빛은 보스의 머리를 향해서 날아갔다. 이번에는 병을 앓고 있어서 그런지 기억을 보는 데 전혀 어려움이 없었다.

'붉은색. 온통 붉은색밖에 보이지 않아.'

이런 경우는 처음이었다. 그동안 기억을 본 경우가 몇 차례 있었지만, 아무것도 보이지 않고 오로지 붉은색만 보이는 건 정말 처음이었다.

'마치 뇌가 모두 타버린 것 같아.'

주혁은 그런 생각이 들었다. 보스를 보았을 때도 그런 느낌이 들었다. 상자의 기운을 이기지 못하고 육체에 문제가 생긴 것 같다는 그런 기분이 들었다. 그렇다면 의사가 어떤 증상인지 진단을 내리지 못하고 있는 게 이해가 되었다.

그런 증상은 의학적으로는 설명할 수 없는 것일 테니까.

하지만 너무나도 허무했다. 보스가 이런 식으로 무너지다니. 그리고 보스가 가지고 있는 기운도 그다지 강하다고 느껴지지 않았다.

주혁은 능력을 멈췄다. 아무것도 볼 게 없으니 계속해서 능력을 사용할 이유가 없었다. 그리고 의사를 보면서 물었다.

"지금 상태가 어떻습니까?"

"열이 떨어지지 않아서 무척 위독한 상탭니다. 현재 약을 써서 버티고는 있지만, 만약에 열이 계속해서 떨어지지 않으면……."

말을 흐렸지만, 굳이 말하지 않아도 알 수 있었다. 그리고 그런 말을 듣기 전에도 충분히 느껴졌다. 지금 상태가 어떻다는 것이.

주혁은 혹시나 이것도 보스의 함정 같은 게 아닐까 생각해 보았다. 하지만 그렇다고 보이지는 않았다. 100% 자신할 수는 없었지만, 보스의 상태는 실제로 위독했다. 주혁은 혹시 자신도 저렇게 되는 것이 아닐까 싶었다.

하지만 오랜 시간을 머물 수는 없었다. 일정이 있었으니까. 주혁은 바로 비행기를 타고 돌아오면서 오랜만에 상자와 대화를 나누었다.

[이봐. 기운이란 게 반드시 좋은 것만은 아닌 것 같아. 그렇지?]

[세상에 무조건 좋기만 한 건 없지. 뭐든지 과하면 좋지 않은 거야.]

맞는 이야기이기는 했지만, 저번에 머리가 쪼개지는 것 같은 고통을 느낀 이후로 이런 이야기를 웃으면서 넘길 수 없게 되었다.

[그러면 나도 저렇게 될 수도 있다는 거겠지.]

[그런 걱정은 하지 않아도 될 것 같다. 자네의 그릇이 차려면 아직 멀었으니까.]

[하지만 그 그릇이 모두 차면 저렇게 될 수도 있다는 거잖아.]

[그렇긴 하지. 하지만 그것도 걱정하지 않아도 될 것 같군.]

상자는 그렇게 되려면 상당히 오랜 시간이 걸리는데, 그전에 상자를 모두 찾으면 모든 문제가 해결된다는 거였다.

[상자를 모두 찾으면 그런 걱정은 하지 않아도 된다. 상자가 합쳐지는 순간 더 이상 상자의 기운은 전해지지 않으니까.]

[그래?]

듣던 중 반가운 소리였다.

[상자가 어디에 있는지는 찾을 수가 없다고 했지?]

[물론이다. 주인이 있는 이상 상자가 어디에 있는지는 알 수 없다. 하지만 강제로 관계가 종료되면 그때는 찾을 수가 있지.]

보스가 죽으면 상자의 위치를 찾을 수 있다는 거였다.

[그러면 이렇게 허무하게 끝이 나는 건가?]

허무했다. 그리고 무언가 찝찝했다. 그동안 그렇게 아등바등하면서 목숨까지 노렸던 사람이 저렇게 죽음을 앞두고 있다는 것이 믿어지지 않았다. 그냥 꿈에서 일어난 일처럼 생각되었다.

한편으로는 이렇게 마무리가 되는 것도 나쁘지는 않다고 생각했다. 사람들을 해치고 피를 흘려가면서 일이 마무리되는 것보다는 이런 식으로 끝이 나도 괜찮겠다는 생각이 든 거였다.

하지만 갑자기 찾아온 무력감에 주혁은 고생을 해야 했다.

"감독님!"

"어, 그래."

주혁은 멍하니 있다가 조감독의 말소리에 정신을 차렸다.

조감독은 고개를 저었다. 요즘 들어서 주혁이 자꾸만 이상한 모습을 보였기 때문이었다.

예전에도 무언가 생각에 잠길 때는 있었다. 하지만 요즘은 그때와는 달랐다. 예전에는 무언가에 깊이 빠져들어서 생각을 하는 거였고, 요즘은 그냥 멍하니 있는 거였다.

"오빠, 이것 좀 마셔요."

윤미가 홍삼액을 컵에다가 따라서 주었다. 한국에서 보내온 거였는데, 그걸 마시고도 주혁은 예전처럼 활기차 보이지 않았다. 그런 주혁에게 장백이 다가왔다.

"형님, 전화 좀 받아보세요."

주혁이 핸드폰을 귀에 가져다 대니 기재원 대표의 목소리가 들렸다.

―이봐, 요즘 갑자기 힘이 없다면서?

"약간 그런 것 같네요. 그런데 갑자기 무슨 일이세요?"

―제프리하고 상의를 했는데, 촬영을 잠깐 멈추고 휴식 시간을 갖는 게 어떨까 싶어서. 한 일주일 정도 말이야.

"휴식을요? 일정 문제도 있고 그건 곤란하죠. 제가 어떻게든 기운을 차려서 해보죠."

—괜찮아, 이미 일정도 그렇게 잡았어. 이번에는 우리가 하는 말대로 한번 따라보라고. 사람이 쉬기도 해야지. 자넨 너무 달렸어. 그러니 모든 걸 잊고 잠깐이라도 쉬라고.

기재원 대표는 그렇게 알라고 하고는 전화를 끊었다.

*　　　*　　　*

현대 의학의 힘은 생각보다 대단했다. 보스의 상태는 위독했지만, 목숨이 쉽사리 끊어지지는 않았다.

주혁은 철저하게 감시를 하라고 하고는 한국으로 돌아왔다.

처음에는 별다른 느낌이 없을 줄 알았다. 그런데 비행기 아래로 한국 땅이 보이자 자신도 모르게 가슴이 두근거렸다. 외국에 나갔다가 들어올 때마다 편안하다는 느낌은 받았지만, 이번에는 무언가 느낌이 달랐다.

심신이 지친 데다 그동안 겪은 일 때문에 충격을 받은 탓인지 유난히 그립다는 느낌이 들었다. 그래서 인천공항에 내리자 고향의 품으로 되돌아온 듯한 느낌을 받았다.

"확실히 느낌 다르긴 하네요."

"그렇지? 촬영을 하더라도 한국에서 생활을 하는 것하고 외국에 오래 나가 있는 것하고는 완전히 다르다니까."

기재원 대표는 주혁을 반갑게 맞이하면서 유난히 너스레를 떨었다. 주혁이 많이 힘들어한다는 이야기를 들어서 일부러 그러는 것일 터이다.

기재원 대표만이 아니었다. 어디서 들었는지 많은 사람들이 연락을 해왔다.

─형, 언제 볼 거예요? 다들 함 봐야죠.

이지언이 연락을 해서 커피 프린스 팀이 다들 기다리고 있다면서 날짜를 잡으라고 재촉했다. 파이브 스타 아이들과 소민이도 연락을 해왔고, 소영이하고 수현이도 연락을 해서 만날 약속을 잡았다.

사람이 어떻게 살았는지는 잘나갈 때보다는 힘들고 어려울 때 알 수 있다. 잘나갈 때야 어떤 사람이든 주변에서 떠받들어 주지만, 정작 그 사람이 힘들고 어려울 때는 모른 척하기가 일쑤다.

주혁은 그래도 그동안 헛산 건 아니라는 생각에 마음이 흡족했다. 그리고 오랜만에 친한 사람들을 만날 생각을 하니 기운이 솟구치는 듯했다. 사람은 역시 마음이 편한 게 제일인 것 같았다.

아무리 돈이 많고 유명세를 탄다고 해도 마음이 편치 못하면 살아도 사는 게 아니었다. 한 가지 걸리는 게 있기는 했지만, 기왕 돌아온 김에 푹 쉬고 가야겠다고 생각했다.

"집으로 바로 가서 쉬고 사람들이나 좀 만나고 그래. 맛있는 것도 먹고. 원기를 충전해야 일도 잘되는 법이야. 휴가라는 게 왜 있겠나. 다 필요하니까 있는 거라고."

맞는 말이었다. 휴식은 중요했다.

주혁은 요즘 들어서 자신도 결국 나약한 인간 중 한 명이라는 생각을 자주 하게 되었다. 무언가를 하려면 도움이 필요하고, 힘들면 지치고, 가끔은 외롭기도 한 나약한 인간.

그동안은 상자의 기운을 받아서 자신이 인간의 범주를 벗어난 존재라는 생각도 가끔 했었다. 인간으로서는 할 수 없는 그런 일을 할 수 있었으니까.

하지만 그렇다고 해서 자신이 사람이라는 본질까지 바뀐 건 아니었다.

"그나저나 조커 역은 언제 하기로 한 거야? 내가 그 소식을 듣고서 얼마나 가슴이 뛰던지……."

"아, 그거요. 얼마 되지 않았어요. 워낙 정신이 없어서 얘기한다고 하고는 말씀을 못 드렸네요."

"괜찮아, 괜찮아. 내가 자네 바쁘다는 이야기는 들어서 잘 알고 있지. 그나저나 이거 정말 대박이야. 아마 자네라면 전작을 뛰어넘는 걸 보여줄 수 있을 거야. 정말 기대가 돼."

기재원 대표는 아마도 전 세계 사람들이 모두 궁금해할 거라고 말했다. 주혁이 도대체 어떤 조커를 보여줄지에 대해서. 그만큼 부담감이 큰 역이었지만, 이미 도전하기로 결정이 된 일. 뒤로 물러설 수는 없었다.

"약속이 늦춰져서 괜찮으려나 모르겠네요."

"괜찮다고 하더라고. 컨디션이 좋지 않은데 만난다고 무슨 이야기가 되겠나. 사정 이야기를 듣더니 오히려 컨디션 회복한 후에 보자고 그 사람들이 먼저 이야기를 꺼냈어."

원래는 내일 정도에 보기로 되어 있었는데, 일주일 정도 약속이 뒤로 미루어졌다. 미안한 생각이 들기는 했지만 사정이 이렇게 되었으니 어쩔 수 없는 일이다.

그리고 사실 몰랐는데 돌아와 보니 너무 좋았다.

군대에 있을 때 휴가를 나가면 위병소만 지나도 공기가 다르다는 걸 느낄 수 있었다.

그런데 이건 그것보다 훨씬 더 격차가 큰 느낌이었다. 한국이 이렇게 편하고 좋은지 이번에 확실하게 알 수 있었다.

주혁은 자신의 집으로 가서 핸드폰도 꺼놓은 채 잠자리에 들었다. 이불 안으로 들어가는 느낌도 달랐다. 바스락거리는 이불 속으로 들어가니 너무나도 아늑하고 마음이 편했다. 그동안 지냈던 최고급 호텔 방의 침대보다도 지금 이 자리가 훨씬 좋았다.

주혁은 자리에 눕자마자 저절로 눈이 감겼다. 아니라고는 했지만, 그동안 너무나도 피로가 쌓여 있었다. 누가 눈꺼풀을 잡아끄는 것처럼 스르륵 감겼고, 1초도 되지 않아서 코를 골면서 잠에 빠졌다.

집에는 주혁이 코를 고는 소리와 미래가 뒤척이는 소리만 들렸다.

*　　　*　　　*

"아니, 쉬라니까 여기는 왜 오는 건데?"

"그냥 쉬려니까 너무 심심하더라고요. 그냥 여기저기 둘러나 볼게요."

기재원 대표는 다음 날 오후에 회사로 찾아온 주혁을 보고는 고개를 흔들었다. 자신 같으면 회사에는 얼씬도 하지 않을 것 같은데, 주혁은 그렇지 않은 듯했다.

"어차피 저녁에 이 근처에서 친구들 만나기로 했어요. 지언이하고 학교 친구들하고 같이 볼 거거든요. 그러니까 여기서 잠깐 쉬었다가 가려고요."

"누가 말리겠어. 그래, 그러면 그냥 쉬었다가 가라고."

기재원 대표는 그리 말하고는 업무를 다시 시작했고, 주혁은 회사 여기저기를 돌아다니면서 사람들과 이야기를 나누었다. 주로 안부와 요즘 하고 있는 일에 관해서 이야기를 나누었다.

"요즘은 무슨 프로젝트 진행하고 있어요?"

"맞다. 이번에 검토하는 것 중에서 아리까리한 게 있는데 한번 보실래요?"

"뭔데요?"

주혁은 이곳에 돌아오니 저절로 기운이 나는 것 같았다. 사람들과 이야기를 나누는 것도 즐거웠고, 진행하고 있는 프로젝트를 검토하는 것도 흥미로웠다. 기분이 동하니 저절로 충전되는 것 같은 느낌이었다.

"타깃이 30~40대네요?"

"기존의 소비 성향하고는 많이 달라졌거든요."

"아, 그건 알아요. 하지만 이런 복고는 위험할 수도 있는데."

직원은 소비 주체가 20대라고 많이들 생각하는데, 그렇지 않다고 했다. 예전에는 20대 여성들에게 반응이 좋으면 그 영화는 성공한다는 말이 있었다. 하지만 2000년 이후로 그런 양상이 많이 바뀌었다.

"90년대에 대학 생활을 한 세대가 소비의 중심이라고 보면 될 겁니다. 그 세대가 계속해서 소비의 중심에 서 있는 거예요."

"그건 그래요. 요즘 대학생들은 거의 여가 생활을 하지 못하니까. 게다가 취업도 어려워서 20대는 소비를 할 여력이 많지 않죠."

주혁 주변만 봐도 그렇다. 취업을 하기가 너무 어려워서 다들 난리였다. 학자금 대출도 갚기가 어려워서 다들 난리인데 문화생활에 돈을 쓸 여력이 있겠는가.

그리고 50대 이상은 원래 문화생활에 별로 관심이 없는 세대였다. 90년대에 대학 생활을 한 세대. 지금은 30~40대가 된 그 세대가 그 당시부터 지금까지 계속해서 소비의 주체였던 것이다.

"방향은 좋은 것 같아요. 그런데 지금 기획된 거로만 보면 조금 약한 것 같은데요?"

"무슨 좋은 아이디어라도 있으세요? 원래 아이디어 뱅크시잖아요."

직원은 안 그래도 골머리가 아팠는데 잘되었다면서 주혁을 데리고 아예 회의실로 들어갔다. 주혁도 흥미가 있던 터라 같이 이야기를 더 나누었다. 회의실에는 그 프로젝트에 관련된 다른 직원들까지 들어와서 열띤 토의가 벌어졌다.

"고등학생이었던 당시 모습과 성인이 된 현재의 모습을 교차 편집하겠다는 건 좋은데, 캐릭터가 약한 것 같네요. 특히나 이런 장르는 조연들이 잘 살아야 하거든요. 서브들이 제대로 역할을 해주지 못하면 맛이 살지를 않아요."

"그건 맞아요. 저도 뭔가 밋밋하다는 느낌이 들었거든요."

신입 여직원이 당차게 말했다. 주혁은 다른 사람들도 편하게 이야기를 하게끔 분위기를 이끌었다. 이런 자리에서는 직급이나 나이 생각하지 말고 서로 이야기가 나와야 한다.

한국의 서열 문화가 분명히 장점일 때도 있지만, 이런 아이디어 회의를 할 때는 그런 걸 잊어야 한다. 사람들 눈치를 보면서 말하는데 무슨 좋은 아이디어가 나오겠는가.

이런 데서는 자유로움이 최고의 덕목이었다.

"그 시기에 뭐가 유행을 했죠?"

"그 당시면 딱 그 시기네. 팬클럽이 어마무지하게 강했던 그런 시기."

누군가가 말을 던졌는데, 다들 고개를 끄덕였다.

그리고 그 당시에 유행했던 것들이 순식간에 사람들의 입에서 쏟아져 나왔다. 너무 많아서 정리하기가 어려울 정도로.

"여주인공 캐릭터는 딱 그려지네요. 그쪽으로 생각하고 있었나 봐요?"

"아무래도 그렇게 가는 게 흥미로울 것 같아서요."

어쩐지 이야기가 쉴 새 없이 나온다 싶었더니, 그동안 서로 이야기를 많이 한 것 같았다. 기획서에는 적혀 있지 않았지

만, 이야기를 들어 보니 캐릭터에 대한 고민도 많이 한 것이
보였다.

주혁이 보기에는 일하는 사람들은 이 작품에 대해서 확신
하고 있었다. 그 점에 대해서는 주혁도 동의했다. 90년대 후
반이라면 정말로 에너지가 넘쳐흐르던 시기였다. 얼마나 이
야기할 거리가 많은가.

하지만 윗선에서 반신반의하고 있는 거였다. 복고라고 하
면 윗선에서는 70년대 이야기를 많이 떠올렸고, 90년대는 복
고라고 생각하지 않았으니까. 게다가 70년대를 그린 복고는
실패한 경우가 많았다.

"이거 땡기네요. 조금만 더 손보면 작품 하나 나오겠어
요."

"그렇죠? 역시 이사님은 보는 눈이 다른 분들하고는 달라
요."

주혁은 예전 생각이 났다. 예전이라고 해봐야 1~2년 전이
긴 했지만. 케이블 방송과 관련해서 일하게 되면서 참 많은
일을 했었다. 어떤 작품을 선정할 것인지를 놓고도 이야기를
했었고 그 작품을 어떻게 만들 것인가에 대해서도 토의를 했
었다.

주혁은 누군가가 방향만 잘 잡아주면, 지금 이야기한 사
람들이 작품을 잘 만들 수 있으리라고 확신했다. 그들의 눈

에 보이는 열정과 지금까지 고민한 것들이 아주 마음에 들었다.

그는 도대체 책임자기 누구기에 이렇게 좋은 아이템을 썩히고 있는지 알아봐야겠다고 마음먹었다.

"아, 기왕 팬픽이나 그런 게 들어가니까 주인공의 친구한테도 그런 것과 관련된 롤을 주는 게 어떨까요?"

주혁은 회의실을 나가려다가 불현듯 떠오르는 게 있어서 뒤돌아 말했다. 이야기를 들은 직원들이 잠시 서로를 쳐다보다가 갑자기 눈빛이 달라졌다.

"그거 좋은데요. 이봐, 잠깐 얘기 좀 하자고."

사람들은 나가려고 일어섰다가 다시 자리에 앉았다. 그리고 머리를 모은 채 서로 이야기를 나누었다. 손짓 발짓이 오갔고, 과장된 몸짓도 있었다. 그리고 그들의 열정이 입 밖으로 마구 튀어나왔다.

주혁은 그 모습을 보면서 조용히 밖으로 나왔다. 그리고 기재원 대표의 방으로 들어갔다.

주혁은 잠시 후에 나와서 친구들을 만나러 갔는데, 다음 날, 프로젝트의 책임자가 바뀌었다. 그리고 프로젝트는 본격적으로 진행되게 되었다.

그 소식을 들은 주혁은 잘되었다고 생각하면서, 어떤 작품이 나올지 기대가 되었다. 그리고 어떤 배우가 어울릴까 생각을 해보았다. 하지만 사투리 연기가 필요한 거라서 딱히 떠오르는 사람은 없었다.

"지아가 부산 살아서 사투리를 잘하는데."

하지만 지아에게 어울리는 역할이 없었다. 그래도 혹시 단역이라도 자리가 있는지 알아는 봐야겠다고 생각했다.

그리고 사람들을 만나서 즐거운 시간을 보내고, 이렇게 새로운 작품을 보자 마음속에 있었던 열정이 다시 불타올랐다. 그래서 빨리 지금 작품도 진행하고 차기작도 하고 싶다는 열망이 마구 샘솟았다.

하지만 일정대로 며칠 더 쉬다가 갈 생각이었다. 그런 열망을 꾹꾹 눌러서 폭발 직전까지 만들어놓고, 미국에 돌아가서 터뜨릴 작정이었다. 그리고 한국에 잠시 쉬러 온 것이 정말 다행이라고 생각했다.

그리고 크리스토퍼가 보내온 시나리오를 다시 읽어보니 훨씬 더 정리가 잘되었다. 머리가 복잡할 때 읽었을 때와는 다른 느낌이 들었다. 그리고 아이디어도 굉장히 많이 떠올랐다.

하지만 이것도 바로 크리스토퍼에게 전화를 하지는 않았다. 이것도 묵혀놓을 생각이었다. 사실 아이디어는 아이디어일 뿐이다. 그것이 작품에 접목될 수 있을지는 모른다. 좋은 아이디어라도 그것 때문에 많은 걸 바꾸어야 할 수도 있으니까.

그리고 아이디어끼리 충돌하는 경우도 있다. 이 아이디어를 쓰면 다른 아이디어는 포기해야 하는 그런 경우가 있다. 그래서 지금 생각한 날것 그대로의 아이디어를 숙성시킬 생각이었다. 아마도 다시 미국에 가서 크리스토퍼를 만날 때쯤 되면 충분히 숙성이 되었을 것이다.

주혁은 그렇게 하루를 정리하고 잠을 청하려 했는데 갑자기 주변이 텅 빈 느낌이 들었다. 조금 전까지만 해도 친구들과 즐겁게 웃고 떠들면서 지냈는데, 갑자기 공허함이 밀려왔다. 그리고 그때 주혁의 머리에 떠오른 생각이 있었다.

"내일은 산소에 다녀와야겠다."

주혁은 다시 미국에 들어가기 전에 가족들에게 인사는 해야겠다고 생각했다. 원래는 이번에는 기간도 길지 않아서 친구들만 만나고 돌아갈 생각이었는데, 마음을 바꾸었다. 가족도 곁에 있지는 않지만, 자신에게 가장 소중한 존재들이었으니까.

그리고 가족들이 지금 자신의 모습을 보았으면 얼마나 좋아했을까 하는 생각이 들었다. 그리고 이번에는 평소에 좋아했던 음식도 만들어서 가야겠다고 생각했다.

"일찍 자야겠다. 음식까지 해서 가려면 내일은 바쁠 테니까."

주혁은 그날 꿈속에서 가족들을 만났다. 모두가 주혁이 잘되고 있는 걸 기뻐해 주었다.

주혁은 너무나도 벅차서 말도 제대로 하지 못했다. 잠을 자면서 활짝 웃고 있는 주혁의 눈가에는 살짝 물기가 비쳤다.

*   *   *

"예, 괜찮아요. 별일 아니었습니다. 조금 피곤했던 것뿐이에요."

―빨리 보고 싶군요. 프로듀서하고 주연배우도 무척이나 궁금해하고 있어요.

크리스토퍼가 주혁의 상태가 궁금했는지 연락을 해왔다.

주혁은 이제 완전히 컨디션을 회복했다고 말해주었다. 실제로도 컨디션은 최고였고.

"저도 기대가 되네요. 제가 쉬면서 생각한 것들이 여러 가지 있거든요. 만나면 얘기해 드리죠."

―오우, 정말입니까? 어떤 아이디어일지 기대가 큽니다.

주혁은 그냥 아이디어에 불과하니 기대는 많이 하지 말라고 했다. 그리고 통화를 마치고 아토 엔터테인먼트로 향했다. 오늘은 이승효와 약속이 있었기 때문이었다.

주혁이 도착해서 유리창 너머로 보니 안에서 승효가 심각한 표정으로 작업을 하고 있었다.

평소에 엉뚱하고 까불거리는 모습을 많이 보아왔던 주혁으로서는 이런 진중하고 일에 집중하는 모습이 조금은 낯설게 느껴졌다.

"형, 빨리 일루 와봐."

주혁이 문을 열고 들어오자 벌떡 일어서서는 주혁의 손을 이끌고 자리로 데려왔다. 그러고는 음악을 들려주었다. 그는 기대에 찬 눈빛으로 주혁을 쳐다보고 있었다.

주혁은 피식 웃으면서 음악을 감상했다.

잔잔하고 유려한 음악이 나왔는데, 선율이 무척 아름다웠다. 마치 시원한 바람과 향기로운 풀잎 내음을 맡으면서 냇물이 졸졸 흘러가는 걸 바라보고 있는 느낌이었다. 머리가 맑아지고 상쾌해지는 느낌이 들었다.

"이거 니가 만든 거야? 지금까지 니 스타일하고는 좀 다른 것 같은데?"

"무슨 소리. 아이돌한테 준 거는 애들 스타일에 맞춰서 그런 거고 이런 것도 좋아한다니까."

승효는 고개를 바짝 들고는 무슨 소리냐며 떠들어댔다. 자신이 영상을 보고 있다가 갑자기 떠올라서 만들어봤다는 거였다. 승효도 본격적으로 음악 작업에 들어가야 해서 지금까지 촬영된 영상을 보내주었는데, 그걸 보다가 만든 거였다.

승효가 작업을 할 부분은 아니었다. 하지만 영상을 보낼 때 특정 부분만 보내지는 않았다. 그 부분에 들어갈 음악을 작곡하는 거라고 해도 전체적인 분위기를 알아야 하니 영상은 전부 보내고 어떤 부분에 들어갈 음악이라는 것만 표시를 했다. 그런데 갑자기 악상이 떠올라서 작업을 했다는 거였다.

여자아이가 노래를 부르는 장면이었는데, 굉장히 맑고 깨끗한 음색을 가지고 있는 아이였다. 노래를 배운 적도 없고 기교도 없지만, 사람들을 매혹시키는 그런 음색을 가지고 있는 그런 캐릭터였다.

"잘 어울리는데? 캐릭터 이미지하고 잘 맞는 것 같아."

"그렇죠? 크헤헤헤. 역시 형님은 안목이 끝내준다니까. 이게 말이죠. 제가 거의 잠을 못 자면서 만든 건데 말이에요."

주혁은 승효의 입을 틀어막았다. 이대로 두었다가는 얼마나 떠들지 알 수 없었으니까.

"그런데 이건 사용하지 못할 수도 있어. 다른 팀에게 맡길 생각이니까."

"누가 뭐래요? 못 쓰면 그런 거죠. 대신에 이거 말고도 만든 게 더 있으니까 가지고 가서 한번 이야기나 해줘요. 이 정도면 전부 맡겨도 되지 않겠냐고."

승효는 자신의 가슴을 탕탕 치면서 호기롭게 이야기했

다. 이번 음악은 한스 짐머 사단에 의뢰를 할 생각이었다. 다른 작업 때문에 바빠서 계약이 미루어지고 있기는 했는데, 그래도 최고의 팀에 맡겨야 한다는 생각에 그리 정한 거였다.

그런데 승효는 자신이 해도 자신 있다면서 당당하게 말했다.

"작곡가는 음악으로 말하는 거 아닙니까. 가져가서 사람들한테 한 번만 들려줘요. 귀가 제대로 박힌 사람들이라면 무슨 얘기가 나올 테니까."

주혁이 가만히 보니 무슨 말을 해도 듣지 않을 기세였다. 하기야 승효가 어디 고집 빼면 남는 게 있는 녀석이던가. 뻔뻔하고 똥고집인 녀석. 하지만 그런 녀석이 밉지 않았다.

주혁은 고개를 끄덕였다.

"들려주는 거야 어렵지 않은데, 기대는 하지 마. 하지만 이 곡은 참 좋네. 적어도 이 곡은 꼭 사용하고 싶다."

"아직 다른 걸 들어보지 않아서 그래요. 가만있어 봐요. 내가 다른 것도 들려줄 테니까."

승효는 복잡하게 생긴 기계를 이리저리 만지더니 다음 곡을 들려주었다. 이번에는 힘차고 박력 있는 곡이었다. 템포도 빠르고 경쾌했다. 듣고 있으니 저절로 몸이 들썩이는 그런 곡이었다.

조금 전에 들었던 서정적인 곡과는 전혀 다른 곡이었다. 행진곡 같다는 느낌이 들었다.

그리고 음악을 듣다 보니 이 음악이 어디에 쓰이는 곡인지 알 수 있었다.

영화 속에서 주인공이 주변 사람들과 오해와 갈등이 풀리고 같이 무대를 준비하는 장면이 있었는데, 바로 그 장면이 이 음악과 어울렸다. 음악을 듣고 있으니 그 장면이 머릿속을 흘러갔다.

"이건 어디에 쓰일 곡이냐 하면요……."

"주인공이 오디션 마지막 무대 준비하는 장면 아냐?"

"어? 어떻게 알았어요? 그 장면 보고서 만든 건데?"

주혁은 피식 웃었다. 승효가 자신감을 가지고 큰소리칠 만하다고 생각했다.

아주 좋았다. 음악을 들으면서 그 장면이 생각난다는 건 그만큼 영상과 음악이 잘 어울린다는 뜻이었다.

주혁은 승효가 작업한 걸 가지고 가서 상의해야겠다고 결정했다.

이런 정도의 결과물을 뽑아낼 수 있다면 굳이 다른 사람에게 작업을 맡기지 않아도 될 것 같았다. 다른 사람들의 생각을 들어봐야 하겠지만, 비슷한 생각일 것 같았다. 아니, 분명히 찬성할 것이라고 확신했다.

"다른 곡은 없어?"

"없긴요. 또 있습니다. 잠깐만요."

이번에는 살짝 코믹한 분위기가 나는 곡이었다. 즐겁고 유쾌하고 장난스러운 분위기의 곡이었다. 장난꾸러기 캐릭터가 자신이 좋아하는 여자 주변에서 계속해서 장난스럽게 행동하는 장면에 들어가는 곡이었다.

"연기를 하는 걸 보니까 만들기가 더 좋더라고요. 연기들을 워낙 잘해서 느낌이 팍팍 오는 거 있죠? 대사는 잘 알아듣지 못하겠는데, 표정하고 움직이는 것만 봐도 대충 알겠더라고요."

그게 다 배우들이 캐릭터에 완전히 몰입할 수 있어서 그런 거였다. 초반에는 고생했지만, 이제는 배우들이 캐릭터에 깊이 빠져 있었다. 그리고 그 효과를 톡톡히 보는 듯했다. 이렇게 음악 작업을 하는 데도 도움이 되는 걸 보면 말이다.

그리고 다음 곡은 무척이나 남성적인 곡이었다.

언제 이런 걸 다 만들어놓았는지 대견할 따름이었다. 맡은 일만 해도 쉴 틈이 없을 정도라고 알고 있는데, 이런 것까지 해놓다니. 이제는 정말 프로라고 인정을 해줘야 할 것 같았다.

"그런데 이런 건 다 언제 작업을 했어? 정신없이 바쁘다면서."

"아, 일이 너무 밀려서 정신이 없더라고요. 그래서 일부는 다른 사람한테 넘기고 몇 개는 취소했어요. 이게 더 재미있더라고요."

승효는 낄낄대며 웃었고, 주혁은 승효를 진정한 프로라고 생각한 걸 취소했다. 하지만 그렇다고 하더라도 그의 역량은 인정해야 했다. 확실히 이번 작품의 분위기를 잘 살려주고 있었으니까. 영화 음악으로서 잘 어울렸다.

"영화 음악은 영상을 돋보이게 하는 게 목적이잖아요. 그래서 신경을 많이 쓴 거거든요. 음악이 먼저 들리면 안 되니까 영상하고의 조화를 먼저 생각해서 편곡하고 여러 가지 기술적으로도 손을 좀 봤죠."

주혁은 또다시 승효의 입을 막았다. 다른 건 다 좋은데 이 녀석은 자기 자랑을 시작하면 끝낼 줄을 몰랐다.

하기야 그런 성격이 있으니 자기 일에 그렇게 푹 빠질 수 있는 거겠지만.

"내가 가지고 가서 이야기해 볼게. 작업을 한 건 이게 다야?"

"아뇨, 예비로 만든 것까지 몇 개 더 있거든요. 제가 전부 모아서 가져갈 수 있게 만들어놓을게요."

"그래, 알았어. 그리고 그거하고 상관없이 여기 작업 마치는 대로 미국으로 들어와. 전부 다 할지, 아니면 일부만 할지 모르지만 어쨌든 작업 들어가야 하니까."

"넵썰. 작업 마치는 대로 부리나케 튀어가겠습니다."

승효는 거수경례를 하는 흉내를 냈다. 주혁은 승효의 어깨를 두들기고는 자리에서 일어났다. 그리고 자신이 상태가 좋지 않을 때도 많은 사람들이 이 작품을 위해서 움직이고 있다는 사실을 생각했다.

'정신 바짝 차려야겠어.'

잘못하면 자기 한 사람 때문에 여러 사람에게 피해를 줄 뻔했다. 그러니 앞으로라도 제대로 정신 차리고 집중하리라 다짐했다.

주혁은 CG 작업을 하는 사람들을 만나기 위해서 지하 주차장에 있는 자신의 차에 올랐다.

*　　*　　*

"이게 얼마 만이에요?"

사람들이 주혁을 반겼다. 전우치 작업을 할 때 보고서 처음 보는 사람이 대부분이었다. 주혁은 반가운 얼굴로 자신을 맞이하는 사람들과 일일이 인사를 나누었다. 사람들 모두가 무척 정겹게 느껴졌다.

"일단 샘플 작업을 해봤어요. 어떤 분위기를 원하는지 봐야 하니까."

CG 작업도 이제부터가 시작이었다. 사람들은 무척이나 들떠 있었다. 전우치를 작업했을 때 같은 느낌이 나서 그런 거였다.

"이번에도 그때만큼만 했으면 좋겠는데 말이야."

"무슨 소리야. 사람이 발전이 있어야지. 그때보다는 그래도 한 발자국이라도 더 앞에 있어야 한다고."

팀장은 뒤에서 웅성대는 사람을 무시하고 작업한 걸 주혁에게 보여주었다. 일단 소리가 눈에 보인다는 설정을 어떻게 표현하면 좋을지 몰라서 여러 가지 작업을 해놓았다.

"일단 시나리오하고 영상을 보고 그 분위기에 맞춰서 작업을 해봤어요. 컨셉이 확정되면 그때부터는 본격적인 작업에 들어가야죠."

처음에는 오로라 같은 게 펼쳐지는 걸 보여주었다. 무척이나 아름답고 몽환적인 느낌이 들었다. 그리고 그다음으로는 빛나는 실 같은데 강물처럼 흘러가는 걸 보여주었다. 처음 것과 느낌이 비슷했는데, 조금 더 세련된 느낌이 들었다.

음표 같은 게 중간에 보이는 약간 만화적인 표현도 있었고, 아예 악보가 흘러가는 영상도 있었다. 이렇게 다양하게 작업을 해놓았으리라고는 생각지 않아서 무척 난감했다. 너무 많으니 고르기가 오히려 어려웠다. 그리고 나름대로 모두 영상에 어울렸다.

'확실히 감각들이 좋네.'

주혁은 예상했던 것보다 훨씬 높은 퀄리티의 작업물을 보면서 흡족한 표정이 되었다.

"일단 가져가서 이야기를 해볼게요. 하지만 무척 흡족해할 것 같군요. 너무 결과물이 좋아서 고르기가 어려울 정돕니다."

"무슨 말을 그렇게 하세요. 이 정도는 해야죠."

말을 하는 팀장과 뒤에서 듣고 있는 사람들의 얼굴에는 자부심이 가득했다. 자부심이란 이런 상황에서 나오는 것일 터이다. 훌륭한 결과물을 내놓고 그것을 믿는 그런 마음. 자신의 노력과 열정이 그대로 배어 있는 작품에 대한 믿음이었다.

"그런데 주혁 씨는 어떤 게 가장 좋나요?"

"글쎄요? 다 좋아서 쉽지는 않지만……."

주혁은 다시 한 번 영상을 쭉 보았다. 각각 장단점이 있었는데, 영화의 전체적인 분위기를 생각하면서 신중하게 고민했다.

"저는 두 번째하고 다섯 번째가 약간 섞이면 좋을 것 같은

데요?"

"호오. 그런 느낌도 나쁘지는 않겠어요."

팀장은 두 영상을 번갈아 보면서 생각에 빠졌고, 사람들도 뒤에서 두 영상을 보면서 서로 이야기를 나누었다. 너무 비현실적이지도 않고 영화의 분위기에도 잘 어울릴 것 같다든가, 한쪽 톤을 좀 죽여야겠다는 등의 말을 했다.

"일단 제가 가지고 가서 상의를 좀 해볼게요. 그리고 팀장님은 언제 미국에 오실 수 있죠?"

"지금 작업하던 게 거의 마무리되었으니까, 이번에 같이 들어갈 수 있을 것 같은데요."

"그래요? 잘됐네요."

원래는 일주일가량 후에 들어올 예정이었는데, 작업이 생각보다는 빨리 마무리가 되어서 가능해진 거였다. 만약 주혁이 한국에 오지 않았더라면 일정대로 미국에 들어갈 생각이었다. 하지만 기왕 이렇게 된 거 주혁이 갈 때 같이 가는 편이 더 좋지 않겠는가.

"그러면 비행기도 예약을 해놓을게요. 그때까지 제가 이야기한 것만 조금 작업을 해서 보여주세요. 제가 그전에 한 번 더 올 테니까요."

"예, 그러죠. 다들 뭐해? 후딱 작업하자고."

팀장의 말에 사람들이 후다닥 제자리로 돌아갔다.

주혁은 웃으면서 수고하라는 말을 남기고는 밖으로 나왔다.

그리고 집으로 돌아오는데, 갑자기 연락을 받았다. 인수의 어머님이었다.

주혁은 순간 가슴이 덜컥했다. 혹시라도 좋지 않은 소식이면 어쩌나 싶어서였다.

─저기요, 저 인수 엄만데요, 기억하시죠?

"그럼요, 기억하죠. 인수는 좀 어떤가요? 괜찮죠?"

─예, 인수는 잘 있어요.

주혁은 한숨을 내쉬었다. 인수의 어머니는 바쁜 건 알지만 한번 와줄 수 있느냐고 물었다. 인수가 많이 보고 싶어 한다면서.

"제가 오늘은 시간이 안 될 것 같고요. 내일 오후에 들를게요. 그때 시간 괜찮으시죠?"

─그럼요. 저희는 아무 때나 오셔도 다 좋아요. 인수가 굉장히 좋아하겠네요.

내일은 아무래도 헬기로 이동을 해야 할 것 같았다. 지방에서 일이 있었는데, 그쪽에서 계속 일을 보아야 하니 잠깐 짬을 내서 인수를 보고 와야 했으니까.

"인수를 보고 다시 와서 다른 일정을 소화하면 되겠지."

주혁은 흥얼거리면서 차를 몰았다. 마음이 편해지니 모든 일이 다 잘 풀리는 것 같았다.

*　　　*　　　*

쏴아아아.

하늘에 갑자기 먹구름이 덮이더니 갑작스럽게 소나기가
내리기 시작했다. 처음에는 유리창에 한 방울씩 점점이 맺히
던 빗방울이 조금 지나자 선으로 변했고, 이제는 세상이 물로
가득 찬 것 같은 느낌이 들었다.

"내가 잔뜩 찌푸릴 때부터 이럴 것 같더라니."

기재원 대표가 시원하게 쏟아지는 빗줄기를 보면서 이야
기했다. 아침부터 하늘이 꾸물거리는 것이 심상치가 않았다.
그래도 일기예보에 국지성 소나기가 있기는 하겠지만, 강수
량은 5~10㎜ 정도라고 한 말을 믿었다.

"오미리는 개뿔."

지금 잠깐 보고 있는 사이에 내린 비만 해도 5㎜는 넘을 것
이다. 주혁은 짜증이 가득한 목소리로 말했다. 오늘 인수를
만나러 가기로 했는데, 비가 이렇게 많이 오면 문제가 되기
때문이었다.

"다음번에 간다고 이야기를 하는 게 좋지 않아? 그칠 비가
아닌 것 같은데?"

"비는 금방 그칠 것 같지는 않네요. 완전 밤인데요?"

하늘을 온통 먹구름이 점령하고 있어서 한밤중이라고 해도 믿을 정도로 어두웠다. 하늘 어디를 보아도 밝은 구석이라고는 보이지 않았다.

쏴앙! 쿠르르르룽.

흰 빛줄기가 공간을 찢어발기는 소리가 들렸다. 시간 관계상 헬기를 이용하려고 했는데, 이렇게 되면 그건 어려울 것 같았다.

주혁은 어찌할까 망설이고 있었는데, 마침 헬기 업체 사람이 찾아왔다.

"오늘 헬기가 뜰 수 있나요?"

주혁은 자리에서 일어나서 물었다. 하지만 업체 관계자는 고개를 저었다. 이런 날에 헬기를 띄우는 건 자살 행위나 마찬가지라면서.

"이런 날씨면 어렵습니다. 날이 개면 모를까."

"예보에는 이 정도로 비가 온다고 하지는 않았는데……."

그런 걸 이야기해 봐야 아무런 도움이 되지 않는다는 걸 잘 알지만, 그래도 짜증이 나는 건 어쩔 수 없었다.

주혁은 혹시나 하는 마음에 질문을 던졌다.

"날씨가 어느 정도 개면 가능한 건가요?"

"저희 헬기가 대형이기는 하지만 그냥 어렵다고 생각하시는 편이 좋을 것 같습니다."

관계자는 비도 비지만 바람도 거세서 비가 그친다 하더라도 쉽지 않을 거라고 이야기했다. 업체 관계자가 나가자 주혁은 잠시 고민에 빠졌다.

"뭘 그리 고민해? 오늘은 어렵다니까."

"오늘 아니면 당분간 볼 시간이 없어서 그렇죠. 그리고 약속을 해놓고 지키지 못한다는 것도 영 찜찜하고요."

오늘이 아니면 출국하기 전까지 인수를 보러 갈 시간이 없었다. 출국을 하면 몇 달은 한국에 오기 어려울 것이고. 그래서 어떻게든 인수와의 약속을 지키고 싶었다.

"오늘 야외 행사는 취소겠죠?"

"이렇게 비가 퍼붓는데 진행할 재간이 있나. 취소되었다고 조금 전에 연락이 왔어."

그렇다면 시간 여유가 조금은 있었다.

'이곳에서 인수가 있는 병원까지 얼마나 걸릴까? 한 시간 반? 두 시간?'

주혁은 고개를 들어 기재원 대표를 쳐다보면서 이야기했다.

"병원까지 왕복 네 시간이면 가능하겠죠?"

"거기까지? 어디 보자……."

기재원 대표는 이곳에서 병원까지의 코스를 머리에 떠올

렸다. 그러고는 중얼거렸다.

"평일이니까 고속도로가 막히지는 않을 테고, 가는 길 중
에서 특별히 막히는 데가……."

그는 잠시 생각을 하다가 네 시간 정도면 가능할 것 같다고
했다.

주혁은 자리에서 벌떡 일어났다. 지금 출발하면 인수를 보
고 올 수 있을 것 같아서였다.

"갔다가 올게요. 이삼십 분 정도밖에 보지 못하겠지만, 그
래도 보고 오는 게 좋겠어요."

"날씨도 이런데 그냥 연락하지그래. 인수도 이해할 거야."

"아니요, 갔다가 올게요. 어차피 여기서 점심 먹고 다음 일
정 기다리면서 멍하니 있을 바에는 다녀오는 편이 좋겠어요."

점심은 차 안에서 간단하게 먹으면 될 것 같았다.

결정은 신중하게, 행동은 과감하게. 주혁이 행동하는 원칙
아니던가.

주혁은 윗도리를 들고는 다녀오겠다고 하고는 방을 나섰
다. 그리고 장백이를 불러서 차를 몰게 했다.

"좀 더 밟아도 되지 않아?"

"안 됩니다, 형님. 이렇게 비가 오는 날은 더 조심해야 하
는 거라니까요."

고속도로가 텅 비어서 속도를 더 내도 될 것 같았는데, 장

백은 그러지 않았다.

"이 속도로 가도 충분하니까 걱정하지 마세요."

"맞아요. 오 분 먼저 가려다가 오십 년 먼저 간다는 말도 있잖아요."

옆에서 윤미가 맞장구쳤다. 윤미는 인수를 보러 간다는 말에 따라붙었다. 촬영장에서도 인수를 굉장히 예뻐했던 사람 중 한 명이 바로 윤미였다.

둘의 이야기가 맞았다. 마음이 급하다고 서둘렀다가는 오히려 더 큰 문제에 직면할 수도 있으니까.

주혁은 사선으로 지나가는 빗줄기를 바라보면서 마음을 안정시켰다.

"다 왔습니다. 바로 요 앞이에요."

시간은 후딱 지나갔다. 장백의 장담대로 생각했던 시간보다 약간 이르게 병원에 도착할 수 있었다. 병원 근처는 비가 그리 많이 오지 않고 있었다.

주혁 일행은 차를 주차하고는 빠르게 병원 안으로 들어갔다.

"인수야!"

"형. 누나."

인수의 깜짝 놀라는 표정을 보니 주혁이 오지 못한다고 생각한 모양이었다. 그리고 놀라는 건 인수의 어머니도 마찬가지었다.

"비가 와서 야외 행사가 하나 취소됐거든요. 그래서 왔다가 갈 시간이 되더라고요."

"아니, 그래도. 비가 꽤 많이 온다던데 이렇게까지……."

"차로 오는데 뭐 어려울 거 있나요. 그리고 오늘 아니면 시간이 없어서요. 우리 인수 잘 지냈지?"

주혁은 인수와 이야기를 나누다가 인수 옆을 윤미에게 양보했다. 담당 의사가 찾아왔기 때문이었다.

주혁은 담당 의사와 인수 어머니, 이렇게 둘과 이야기를 나누었다.

"인수 상태는 어떻습니까?"

"아주 양호합니다. 이렇게까지 빨리 호전되는 경우는 제가 맡은 환자 중에는 처음입니다."

담당 의사는 이런 식으로 간다면 머지않아 완치가 될 것 같다고 이야기했다.

"그래요? 그거 정말 다행이네요."

"다 주혁 씨 덕분이에요. 애가 그날 이후로 얼마나 달라졌는지……."

인수의 어머니는 말을 하다가 순간적으로 감정이 복받쳤는지 울먹였다. 인수를 옆에서 계속 지켜본 그녀는 인수의 상태가 좋아진 것이 그날의 일 때문이라는 사실을 누구보다 잘

알고 있었다. 드라마 촬영장에 다녀온 이후로 인수의 상태는
하루가 다르게 좋아졌다.

"인수는 다 나으면 연기 학원에 다니겠다고 해요. 배우가
되겠다면서요."

"인수는 잘할 수 있을 거예요."

연기라는 건 사실 인생의 굴곡이 클수록 좋다. 그래야 깊이
있는 감정을 경험할 수 있으니까. 직접 경험을 해본 것과 머
릿속으로 생각해서 아는 건 엄청난 차이가 있다. 그런데 인수
는 어린 나이에 죽음이라는 것과 직면해 있었다.

솔직히 얼마나 마음의 상처가 깊었겠는가. 그런 걸 경험하
고 이겨낸 인수이니 좋은 배우가 되기 위한 기반은 충분했다.
물론 연기에 재능이 있는지는 지켜봐야 알 수 있겠지만.

하지만 인수가 이야기하는 거나 촬영장에서 보인 모습을
보니 연기를 해도 잘해낼 수 있을 것 같았다.

무엇보다도 인수 자신이 연기에 대한 열망이 강한 것 같았
다. 그래서 만약 완치가 되고 배우가 되겠다고 하면 응원을
해줄 생각이었다.

주혁은 문득 떠오르는 게 있어서 담당 의사에게 물었다.

"인수가 혹시 외국 여행도 가능한가요?"

"지금 상태라면 가능은 하죠."

"아, 아쉽네요. 조금만 더 빨리 알았더라면 미국으로 초대

를 할 걸 그랬어요."

어린 환자들이 나오는 장면이 있었다. 거기에 인수가 있었더라도 괜찮았겠다는 생각이 들어서 아쉬워한 거였다.

"아니에요, 마음만으로도 감사해요. 미국이라니요. 지금까지 해주신 것만으로도 충분해요."

인수 어머니는 손을 흔들었다.

주혁은 다시 병실로 돌아와서 인수와 이야기를 나누었다.

"형, 원래는 헬기 타고 오려고 했다면서요. 형은 헬기 많이 타봤어요?"

"자주는 아니지만, 가끔 타지. 인수도 나중에 기회가 되면 태워줄게."

"정말요? 와, 진짜 좋겠다. 헬기 타면 정말 하늘 높이 나는 거죠? 프로펠러가 팍팍팍팍 소리 내면서요."

주혁은 그렇다면서 인수 머리를 쓰다듬었다. 프로펠러가 아니라 로터라고 부르는 게 맞는 말이지만, 그런 게 뭐 중요하겠는가. 병실에서 지내다가 죽을 수도 있던 아이가 헬기를 타는 희망을 갖게 된 것이 중요하지.

주혁은 인수와 함께 시간을 보내고 다시 돌아왔다. 돌아오는 길은 더 편했다. 비가 거의 그쳤기 때문이었다.

"오빠, 저것 좀 봐요."

윤미가 손으로 가리킨 곳에는 구름이 갈라진 사이로 빛의 기둥이 땅으로 내려오는 것 같은 장면이 연출되고 있었다. 무언가 장엄하고 신비로운 그런 풍경이었다.

"그렇게 쏟아지던 비도 그치고 한밤중 같던 날도 밝아지는구나."

모든 일이 그런 것 아니겠는가. 어둡고 힘든 시기가 끝도 없이 계속될 것 같지만, 결국은 그 또한 지나간다.

*　　*　　*

"그래, 이제 보스가 죽고 나면 모든 게 끝나는 거야."

주혁은 마음을 다잡았다. 보스가 죽고 나면 상자가 다른 상자의 위치를 찾을 것이고, 그렇게 되면 모든 게 마무리되는 것이다. 그러니 복잡하게 생각할 필요가 없었다.

시간이 모든 걸 해결해 줄 것이다. 그러니 자신이 하는 일에만 열중하고 있으면 되는 것이다. 주혁은 그렇게 마음을 먹고는 다시 미국을 향해 출발했다.

"오우, 미스터 강. 드디어 만나게 되는군요."

"저도 무척이나 뵙고 싶었습니다."

주혁은 크리스토퍼 일행을 맞이했다. 그들은 모르고 있었지만, 지금 주혁의 표정을 얼마 전과 비교하면 엄청난 차이가 있었다. 공허함에 사로잡혀서 의욕을 잃고 있었던 것과는 달리 두 눈에 열정이 가득 담겨 있었으니까.

"이번 작품도 상당히 기대가 된다고들 하더군요."

"벌써 그런 소문이 났던가요?"

주혁은 프로듀서의 말에 미소 지었다. 원래 립 서비스를 입에 달고 사는 사람들이다. 그러니 특별히 좋아할 건 없었다. 프로듀서는 약간 과장된 손동작을 보이면서 말을 이었다.

"원래 이 바닥이 소문이 빠른 동네거든요. 특히나 돈과 관련된 거라면 말이죠."

그건 사실이었다. 돈이 될 만한 정보는 빨리 퍼졌다. 그리고 주혁이 새로운 배트맨 시리즈에서 조커를 하기로 했다는 소문 역시 모르는 사람이 없었다.

"그런데 솔직한 이야기로 걱정이 앞서는군요. 실제로 조커를 현장에서 본 사람으로서 말이죠."

여기에 모인 사람들은 대부분 현장에서 조커를 직접 본 사람들이다. 그들의 눈에는 호기심과 의구심이 적절히 섞여 있었다.

"당연한 것 아니겠습니까. 그만큼 전설적인 연기였으니까요."

주혁이라고 그 연기를 모르는 건 아니었다. 보면서 전율이 느껴졌다. 저런 감성은 도대체 어떤 생각을 가지고 해야 나오는 것일까 궁금했었다.

지금 자신을 쳐다보고 있는 사람들을 이해할 수 있었다. 그들이 본 건 예전의 조커였으니까. 그 이미지가 강하게 남아 있는 게 당연했다.

"일단 작품에 관해서 이야기를 좀 해보죠."

주혁은 자연스럽게 대화를 리드했다. 여기 모인 사람치고 거물이 아닌 사람은 없었지만, 주혁도 이제는 그들에 뒤지지 않는 거물이었다. 그리고 최근에 큰 경험을 하고 나니 사고가 전보다 더 넓고 깊어진 것 같았다.

"걱정하고 있는 게 뭔지 압니다."

주혁은 사실을 인정하고 이야기를 시작했다. 분명히 부담스러운 역할이라는 사실을. 기존의 그림자를 벗지 못하면 엄청난 혹평을 듣게 될 것이고, 흥행에도 참패를 할 수 있다는 사실도 이야기했다.

하지만 시간이 지날수록 사람들의 표정은 조금씩 바뀌었다. 주혁은 자신이 생각하는 조커가 어떤 인물인지에 대해서 이야기했고, 사람들은 주혁이 말하는 조커에서 매력을 느꼈다.

하지만 아직은 확신이 서지는 않는 표정이었다.

그럴 수밖에 없었다. 아직 주혁의 연기를 직접 본 것은 아니었으니까. 하지만 지금 연기까지 보여줄 필요는 없었다. 그저 가능성이 있다는 정도만 느끼게 해주면 된다.

한 번에 모든 걸 보여주는 건 어리석은 짓이다. 지금이 제작 여부를 결정해야 하는 중요한 자리라면 모르겠지만, 그런 것도 아니다. 제작은 결정되었고, 대부분은 호기심에 찾아온 거였다. 그러니 이 정도면 적당했다.

"판단은 직접 보고 나서 하시죠."

주혁은 사람들의 눈을 보면서 이야기했다. 사람들은 확신이 서지는 않았다. 하지만 무언가가 있을 것 같다는 생각은 하게 되었다. 그리고 조금 더 보고 싶었다.

저 남자가 과연 어떤 모습을 보여줄지가 궁금했다.

『즐거운 인생』13권에 계속…

FUSION FANTASTIC STORY
미더라 장편 소설

ODD LAWYER

Devil's
Balance

괴짜 변호사
악마의 저울

『즐거운 인생』 미더라 작가의
2015년 대작!

현직 변호사, 형사, 프로파일러, 범죄심리학 전문가 자문으로
현장의 생생함을 그대로 담아낸 현대 판타지!

『괴짜 변호사 : 악마의 저울』

"제가 왜 한 번도 패소한 적이 없는 줄 아십니까?"

"……"

"저는 법으로만 싸우지 않거든요."

법의 칼날 위에서 춤추는 자들과의
치열한 공방이 펼쳐진다!

Book Publishing CHUNGEORAM